廻天流炎（かいてんるえん）

D1 警視庁暗殺部

矢月秀作

祥伝社文庫

目次

目次デザイン／かとう みつひこ

DELETE-1

D1警視庁暗殺部　主な登場人物

周藤一希（ファルコン）……処刑執行人兼D1のリーダー。ナイトホークカスタムを愛用する射撃の名手。元警視庁捜査一課強行犯係。

神馬悠大（サーバル）……処刑執行人。漆一文字黒波という黒刀の仕込み杖を操る刃物遣いの天才。元ヤクザの用心棒。

栗島宗平（ポン）……工作班員。武器、火薬、通信機器に加え、インターネットの住人たちについても精通している。元陸上自衛官。

伏木守（クラウン）……情報班員。人の印象、記憶力を巧みに利用した諜報活動、潜入捜査を得意とする。元私立探偵。

真中凜子（リヴ）……情報班員。世知に富み人の心理をくすぐる手腕は群を抜いている。元銀座ナンバーワンのホステス。

天羽智恵理（チェリー）……連絡班員であり執行の見届け人。普段は優しい笑顔を振りまいているが、元レディースのトップで喧嘩の達人。

菊沢義政（ツーフェイス）……暗殺部部長で第三会議のメンバー。暗殺部の全貌を知る唯一の人物。普段は警視庁総務部の閑職にある。

加地荘吉（ベンジャー）……暗殺部処理課〝アント〟の長。平時は警視庁技術職員として窓際の職にいる。

岩瀬川亮輔（ミスターD）……第三会議の設立者で現議長。通常は大学で防犯のスペシャリストとして教鞭を執っている。

プロローグ

神馬悠大は、東京港湾地区にある倉庫に来ていた。年季の入った建物で、シャッターは錆で塗装がはがれ、コンクリートの壁にもひびが入っている。

倉庫の中には、神馬の他に二十人ほどの男がいた。スーツを着ている者もいれば、革のパンツとジャケットを着た者、ぼろぼろのジーンズを穿いた者など、雑多な集まりだ。

神馬たちは車四台で、この倉庫に乗り付けた。

時刻は午後九時を回ったところ。周辺の倉庫は荷出しを終え、しばし静寂の時を迎えている。

神馬のいる倉庫内部に、荷物はなかった。

端にフォークリフトが放置され、パレットは無造作に積まれていて、壁際に金属製の大きな棚が並べられている。

入口から向かって右手に階段があり、二階に事務室が設置されていた。階段下にはドラム缶が二段に積まれ、並べて置かれていた。

天井から吊るされている鉄製の大型フックは、あまり稼働していないせいか、チェーンもフックも錆(さ)びついている。

神馬は男たちから少し離れ、積まれたパレットの上に座り、様子を眺めていた。

男たちは短刀や長刀、拳銃を握り、いきり立っている。

……なんで、おれがガキの喧嘩(けんか)に付き合わなきゃならねえんだ。

鞘(さや)に納めた黒刀を肩に預け、片膝(かたひざ)を立ててあくびをする。

と、スーツを着た金髪の男が歩み寄ってきた。背が高く、肌は陽に灼(や)けていて、妙に歯が白い。

パレットに足をかけて上(のぼ)り、神馬の隣に座る。

「黒波(くろなみ)さん、よろしくお願いしますよ」

どうにも好きになれない含みのある笑顔を向けてくる。

「本当に来るのか?」

神馬が訊(き)く。

「来ますよ。新参者に縄張りを取られて黙っていたとなりゃあ、連中、今後仕事できなくなりますからね」

男がしたり顔で言う。

二カ月前のことだ。

長期休暇に入っていた神馬のもとに、ツーフェイスから直接連絡が入った。

ある半グレ組織に潜入してほしいとのことだった。

それが、この成尾(なるお)ヨシハル率(ひき)いる〝フェイスレス〟だった。

半グレ集団は自分たちの根城(ねじろ)にしている土地や出生に関わる国や地域の名前を冠(かんむり)にしていることが多いが、フェイスレスは違っている。

名前の通り〝顔なし〟で、所属しているメンバーに目立った共通の特徴はない。

成尾ヨシハルは三十半(なか)ばの古参の半グレだ。〝Gスプリング〟というふざけた名前を名乗っている。

学生の頃から素行は良くなかったが、目立った存在でもなかった。

高校中退後は、ラッパーとして活動していたが、たいして芽も出ず。格闘家に転向するも、一勝もできずに引退し、地元から姿を消していた。

誰もが成尾の存在を忘れかけた数年前、ある事件が起こった。

池袋(いけぶくろ)で風俗店を手広く展開していた半グレグループ〝東池(とうち)連合〟が、何者かによって潰され、風俗の経営権を乗っ取られたのだ。

さらに、他のグループも次々と壊滅、または傘下(さんか)に収め、一大勢力としてのし上がった。

それがフェイスレスだった。

フェイスレスのリーダー、Gスプリングが成尾だとわかると、その過去を知っている者たちは報復に出た。

成尾は小物だ――他の組織のリーダーたちは簡単に潰せると甘く見ていた。

しかし、成尾が組織した出自のはっきりしない男たちの集団は恐ろしく強靭だった。

中でも、成尾の両手足となって働く、柏崎兄弟は厄介だった。

兄の柏崎愁斗は背が高く細身ながら様々な体術を会得していて、近接戦では絶対的な力を持つ。銃の扱いも上等の部類に入る。

弟の豪は、小柄ながら筋骨隆々で、肉弾戦にも強いが、何より刃物の扱いに慣れていて、様々なナイフで敵を切り裂く。

二人が連携した時は、百人が束になっても敵わないのではないかと思うほど、圧倒的なパフォーマンスを発揮する。

また、愁斗は聡明で、フェイスレスの作戦のほとんどは、愁斗発案のものだ。それを弟の豪が中心となって確実に遂行する。

そうして戦っているうちに、いつしか、成尾率いるフェイスレスは、半グレ集団のみならず、暴力団や警察も触れられない存在となりつつあった。

警察も手をこまねいていたわけではない。

ひそかに内偵を進めていたが、成尾の背景がまったくわからなかった。

多くの半グレ集団のバックには、暴力団がついている。いわゆる〝ケツもち〟と呼ばれる存在だ。

半グレ集団同士が揉めた際、互いのバックの組織が出てきて話をまとめることもある。

しかし、フェイスレスのバックに暴力団がいる気配はなかった。

成尾はむろん、組織の要(かなめ)である柏崎兄弟にも、それらしき影はない。

内偵が遅々(ちち)として進まぬ中、フェイスレスはついに地元暴力団のシマに手を出した。

事態を憂慮した警視庁幹部は、ひそかにミスターDこと岩瀬川亮輔(いわせがわりょうすけ)を通じて、第三会議に調査を依頼した。

国家公安委員会直属の諮問(しもん)機関である第三会議(だいさんかいぎ)には、第一、第二の調査部が存在する。

本来であれば、どちらかの調査部が動く案件だったが、半年前の警視庁暗殺部処理課、通称〝蟻(アント)〟の反乱の余波がまだ収まっておらず、人員のほとんどを内部調査に取られている状況だった。

そこで岩瀬川は、警視庁暗殺部を統括するツーフェイスこと菊沢義政(きくざわよしまさ)に案件を下ろした。

現在、休眠状態の暗殺部一課、通称D1の誰かに調査させろ、と。

結果、神馬に白羽の矢が立ったのだった。

神馬はかつて暴力団の用心棒をしていたことで、裏社会に潜(もぐ)るルートを持っている。

渋々引き受けた神馬だったが、顔なじみのヤクザから逸(はぐ)れ者をたどり、およそ二週間でフェイスレスの中枢に近付いた。

柏崎愁斗は、外からいきなり現われ、暴力団とつながりのある神馬を怪しんだ。

が、成尾はかまわなかった。

成尾は、黒波という名を知っていた。

裏社会で名を馳せた男が自分の部下になるということを強く望んだ。

一つは神馬の力を認めていたこともあったのだろう。だが、本当のところは、伝説の存在である黒波を自分の配下に置いたという優越感に浸っているように見えた。

神馬はすぐに仕事をした。

半グレ集団や暴力団がいくら潰れようがかまわない。

愁斗の描く絵図に従って、弟の豪と先陣を切って乗り込み、圧倒的な力で相手をねじ伏せた。

その容赦ない仕事ぶりに豪は心酔し、神馬を黒波さんと呼ぶようになった。

愁斗の警戒は解けないが、豪や他のメンバーは、神馬に信頼を置くようになっていた。

今回、成尾がターゲットにしたのは、阿比留会系島内組だった。

島内組は、今、フェイスレスが開拓している池袋から新宿までのＪＲ山手線沿線に多くのシマを持っている。

島内組自体も力のある暴力団だが、上部団体の阿比留会は中堅ながら武闘派で知られる組織だった。

格上の大組織を相手に一歩も引かず、暴れまわった過去もある。

愁斗は、周辺のシマを手に入れるには、島内組との戦いは避けられないと判断した。

しかし、阿比留会と事を構えるつもりはない。

島内組を潰した後、しかるべき上納金を払って、乗っ取ったシマを管理するつもりだ。

神馬は、愁斗からその計画を聞いた時、それでは阿比留会の顔が立たないと忠告した。

が、愁斗は大丈夫だからと押し切った。

愁斗の〝大丈夫〟という言葉は、フェイスレスのバックの存在を感じさせる。

街中で争っては、警察に目をつけられると言い、愁斗はフェイスレス側から、今待機している倉庫と、話し合いというのは名ばかりの対決の時を指定した。

「今何時だ？」

神馬が訊ねる。

「九時半を回ったところですね」

成尾が腕時計を見て言った。

指定した時間は午後九時。もう過ぎている。

「見張りから連絡はねえのか？」

「ないですね。ビビって逃げ出しちまいましたかね」

成尾がにやりとする。

神馬は呆れて、ため息をついた。

武闘派として名高い阿比留会系の極道が、抗争に怯んで逃げることはない。

半グレにビビって逃げたとなれば、島内組はそれこそ二度とこの稼業ができなくなる。

あるとすれば、半グレごときを無視しているか、すでに動きだしているか、だ。

「愁斗！　豪！」

神馬は指笛を鳴らし、柏崎兄弟を呼んだ。

豪は走って来た。愁斗は神馬を睨み、ゆっくりと歩いてくる。

神馬も後から来る愁斗を睨み返した。

「なんです、黒波さん？」

兄弟そろうと、豪が口を開いた。

「見張りはどうなってる？」

「ちゃんと配置についてますよ」

「確認したのか？」

「どういう意味です？」

愁斗が訊いてきた。

「計画通りに事が運んでねえ時は、都度、確認する。でねえと、足をすくわれるぞ」

「おれの配置は完璧ですが」

仏頂面(ぶっちょうづら)で答える。

「本物をナメすぎだ。おまえらの暴力もセンスがねえとは言わないが、ところどころ甘い。本物が本気で喧嘩する時は、きっちりカタに嵌(は)めてくる。少しでも気を抜いた瞬間に終わるぞ」

神馬がまとう空気に気迫が滲(にじ)む。

愁斗の目尻がかすかに引きつる。愁斗は、神馬を睨んだまま声を放った。

「おい！　誰か、見張りを見てこい！」

愁斗が命じると、通用口の近くにいた仲間二人が倉庫から出ていった。

「カタに嵌めるって、ヤクザはどうするんですか？」

豪が訊く。神馬は豪に顔を向けた。

「いろんなやり方があるが、一番は一人ずつ的(マト)にかける方法だな。本物は負ける喧嘩はやらない。やるときは、確実に勝つ方法を取る。特に、頭を獲るときは、じっくり練った上で実行する」

それを聞いて、顔を蒼(あお)くしたのは、成尾だった。

神馬は内心ほくそ笑んでいた。

「今、連中が一人ずつ的にかけているというのか？」

愁斗が訊く。

「可能性はある。売られた喧嘩を放っておく極道はいねえからな」

神馬は通用口の方に目を向けた。

「戻ってこねえな」

つぶやく。

「豪、見てこい」

愁斗が言う。

神馬は鞘を豪の胸元に出し、止めた。パレットから飛び降りる。

「おれが見てくる。愁斗、念のために、成尾と一緒に車に乗ってろ。何かあれば、この場から離脱する」

「おう、黒波さんが言うなら間違いねえ。愁斗、車を回せ。豪もおれの横に乗ってガードしろ」

成尾は、この場から離れられると聞いて、笑みを浮かべた。

小心者で自己保身がすべて。わかりやすい言動だった。

愁斗は一言ありそうな顔をしていたが、リーダーの命令とあらば仕方がない。渋々、乗りつけた車の中で一番頑丈そうなSUVに歩いていった。

「じゃあ、行ってくるわ。頭をよろしく」

豪の肩を叩き、鞘を左肩に載せて通用口へ向かう。

肩越しに背後を見やる。愁斗が運転するＳＵＶに成尾と豪が乗り込む姿を認めた。

神馬は通用口のドアノブに手をかけた。数ミリ、ドアを開く。

顔つきが変わった。

かすかに流れてくる、血と硝煙（しょうえん）の臭い……。

やっぱりな。

勘は的中した。

島内組の者たちは、倉庫の周りを固めている。硝煙の臭いがするということは、見張りや出ていった男たちはすでにやられているのだろう。

銃声は聞こえなかった。つまり、相手は消音器（サプレッサー）付きの銃で狙っているということだ。ライフルだとなお厄介だ。

神経を集中して、気配を探る。殺気が神馬にまとわりついてくる。感じるだけでも、五人以上の気配があった。
二、三十人といったところか……。
通用口から離れ、ＳＵＶに歩み寄った。

愁斗が運転席の窓を開けた。

「状況は？」

「最悪だろうな。おれら一人一人を狙い撃ちするつもりだ」

神馬の言葉を聞いた近くの男が動揺し、他の仲間に伝える。

神馬の見立てはたちまち全員に伝わり、ついさっきまでいきり立っていた男たちがうろたえ始めた。

所詮（しょせん）、チンピラだな。

鼻で笑い、愁斗を見やる。

「どうする、軍師殿」

皮肉を込めて、訊く。

愁斗は、腹立たしげに奥歯を噛んだ。すぐに深呼吸をし、冷静さを取り戻す。

「豪、残っている者全員、車に乗り込むように言え。先行二台で倉庫のシャッターを突き破り、そのあと、我々が倉庫を出る」

「銃を扱う者がいるぞ」

神馬が釘（くぎ）を刺す。

「四台が出た瞬間、四方に散る。この場を離れたら、敵を撒（ま）いて翌朝まで待機。集合場所は追って連絡する。どうです？」

愁斗は神馬を見た。

「まあ、悪くねえ」

「では、すぐに。豪」

　愁斗が言うと、豪はうなずき、車から出た。

「じゃあ、頼んだぞ」

　神馬は通用口に歩きだした。

「黒波さん。あんたも、車に――」

　愁斗が言う。神馬は立ち止まって、振り向いた。

「狙撃は厄介だ。おれが仕留めてくる」

「そんなことできるんですか？」

「おれを誰だと思ってんだ。黒波だぜ」

　神馬は片笑みを見せた。

「おれが通用口から出たら、その一分後にシャッターを突き破って逃げろ。車に被弾しても怯まず行け。わかったな」

「あんたはどうするんです？」

「おれは一人なら殺られねえ。明日の朝、電話入れるよ」

　右手を上げ、通用口に歩く。途中、黒いパーカを着た男に声をかけ、脱がせ、自分がそれを着込んだ。フードを頭に被せ、全身を闇に包む。

　ドア口で立ち止まり、振り返る。男たち全員が、車に乗り込んでいた。

神馬は左腕を上げ、愁斗を見て、左手首を右手の指でつついた。時間だ。

愁斗がうなずく。

神馬はうなずき返すと同時に、ドアを大きく開き、外へ飛び出した。

足元でコンクリートが砕けた。

正確だな。

闇に飛び込み、銃弾が削った痕を見る。擦れた感じからすると、前方の土手のように高くなっている場所から撃っているようだ。

擦れた長さが短いことから、銃器は拳銃と思われる。ライフルであれば、もっと擦れた痕は長いはず。

パスッと空気を裂く音が聞こえた。暗闇に赤白く光る点が見えた。

左三十度斜め前方、距離は五十メートルほどか。

銃を持っている敵の前、左右に三人ほどの敵が見える。彼らも銃を握っているようだが、神馬には気づいていない。

狙っているのは、ナイトスコープを付けている者か、暗所での射撃に慣れている者か……。

試しに、明るい方に動いてみる。三人の敵はやはり気づかないが、何者かはまた神馬の足元を狙って撃ってきた。銃弾がコンクリートを削る。

ナメられてんのか……？

神馬は気色ばんだ。

撃ってくる敵に、神馬の姿は見えているようだ。なのに、頭や胸を狙わない。

そっちがその気なら、弄んだことを後悔させてやる。

神馬は陰から飛び出し、何者かに向け、まっすぐ走った。

瞬時に、敵が神馬の動きに気づく。

神馬は黒刀を引き抜き、闇中に一閃した。

振り上げた刃が、銃を持った敵の右前腕を斬り飛ばす。右手に握られたまま宙を舞う銃が暴発した。

一斉に、銃口が神馬に向けられた。掃射される。マズルフラッシュが記者会見場のカメラのフラッシュのように瞬き、あたりはたちまち硝煙で煙る。

神馬は身を低くして弾幕を掻い潜った。

目についた敵は容赦なく斬り裂く。鮮血と悲鳴が飛び交う。

神馬は土手を駆け上がり、何者かの前まで来た。左手に持った鞘の上に峰を載せた。

背後でけたたましい破壊音がした。

エンジン音が唸り、車が倉庫から飛び出してくる。

弾幕は車に向いた。

激しい発砲音の中、神馬は何者かの喉笛を狙い、切っ先を突き出した。

サプレッサーの付いた何者かの銃口が、神馬の眉間を狙う。

ハンドルを切った車のヘッドライトが、一瞬、目の前の男の姿を照らした。

「えっ？」

神馬は何者かの喉元数ミリのところで切っ先を止めた。

銃口がぴたりと神馬の眉間に押し当てられた。

強い光を放つ眼が神馬を見据える。

「行け」

小声で言い、銃口を離す。そして、神馬から遠ざかっていった。

敵は、最初に出てきたワゴンに弾幕を浴びせていた。

ボディーに穴があき、給油口のキャップを弾き飛ばす。気化したガソリンが給油口にまとわりつく。

給油口近くを掠めた銃弾が火花を放った。瞬間、ガソリンタンクに炎が流れ込んだ。

轟音を立て、ガソリンタンクが爆発した。

火だるまになったワゴンが宙を舞った。

反転したワゴンは、二台目のハッチバックの天井に降ってきた。

ハッチバックはハンドルを切ったが間に合わない。ワゴンが衝突し、圧し潰される。

ひしゃげたハッチバックのガソリンタンクからガソリンが噴き出し、そこにも引火した。

周囲の建物が鳴動するほどの大爆発が起こり、二台の車が闇夜に舞う。

あたりが真っ赤に照らし出された。

神馬は暗がりに姿を溶け込ませ、様子を見ていた。

先頭二台は潰れたが、その後、もう一台のバンと成尾が乗り込んだＳＵＶは、混乱に乗じて現場を離れていった。

成尾が無事なことを見届けた神馬は、敵が固まっている場所とは反対側の倉庫群の方へ走った。

騒乱が次第に静寂へと移り変わり、明かりもなくなっていく。

暗闇に身を置き、ようやく神馬は歩を緩めた。

振り返る。敵が追ってくる気配はない。

しかし……。

「どういうことだ……？」

神馬を狙っていた銃の名手は間違いなく、周藤（すどう）だった——。

第一章　未詳秘命(みしょうひめい)

1

　警視庁総務部に籍を置く菊沢義政は、今日もオフィスの端、窓際席で陽を浴びながらパソコンに向かい、のんびりと重要性のない書類の整理をしていた。

　時折、大あくびをしたり、うとうとしたりと、まるで縁側でくつろぐ隠居老人のようだ。

　周りの職員は、普段通りの菊沢の姿なので、まったく気にも留めず、それぞれの仕事を黙々と進めている。

　その中で一人イライラしているのが、総務部長の山田(やまだ)だった。

　ちらちらと菊沢の様子を見ては、腹立たしげにキーボードを叩く。山田のデスクだけがガンガンと音を立てていた。

菊沢は、職員から土産にもらったせんべいをぼりぼりと食べ始めた。食べかすがあたりに飛び散る。それもかまわず、がりがりと咀嚼し、ずずっと茶を啜る。

山田は両手でダンッとデスクを叩いて、立ち上がった。

周りの職員がびくっとする。

立ち上がって、カツカツと靴音を鳴らし、菊沢に近づいた。

「菊沢さん！　勤務中ですよ！」

腕組みをして、目を吊り上げ、見下ろす。

「わかってますよ」

菊沢はとぼけた笑顔を見せる。

「なぜ、仕事中にせんべいなんて食べてるんですか！」

キンキンとした怒鳴り声が響く。

「仕事中におやつを食べちゃいけないってルールはないと思いますけど」

「周りを見てごらんなさいよ！　他に何か食べている人はいますか！」

山田が怒鳴る。

チョコレートやガムを口にしていた職員が、あわてて顔を伏せる。

「あなたがいると、職場の士気が下がるんです。加地さんのところにでも行って、一日中、将棋を打ってくれているほうがマシです！」

「すみません。加地さん、腰を悪くされたようで、今、療養休暇を取ってますもので」

菊沢が言う。

加地は、処理課が起こした事件の後処理に追われ、ほとんど登庁できない日々が続いていた。

表向きには、腰痛悪化で療養中ということになっている。

「本当に、使えない人たちばかりですね」

山田がため息をつく。

と、菊沢のスマートフォンがピピピッと鳴った。

「昼だ。食事に行ってきます」

菊沢が立ち上がり、大あくびをしながら伸びをする。

「いってらっしゃい、いってらっしゃい。戻ってこなくていいですよ！」

山田は菊沢を睨みつけた。

菊沢は笑顔で会釈し、部屋を出た。

軽く受け流す菊沢の態度に、山田は親指を噛んで身震いした。

菊沢は総菜屋でワンコイン弁当を買って、近くの公園へ行った。

芝生の広場を囲むように、木立を背にしてベンチが並んでいる。ベンチや芝生には、近隣の会社の社員や子供連れが、昼のひと時をくつろいでいる。

菊沢は入口から奥に向かって右手の中ほどにあるベンチに歩み寄った。このところ、毎日菊沢が同じ場所で昼食を摂っているからか、ベンチは空いていた。

ゆっくりと腰を下ろして、青空を見上げ、一つ息をついて、弁当の蓋を取る。これもまた、いつもと変わらないのり弁当だ。

箸を割り、白身魚のフライを切って、のりの敷かれたごはんと共に口へ運ぼうとする。

その時、腰のあたりにちくりとする痛みを感じた。

「そのまま食ってろ」

背後から声がした。

「サーバルか」

菊沢はごはんを口に運んだ。

「騒いだら、殺すぞ」

「わかってる」

菊沢は、ベンチの背板の隙間から刃物が伸びてきているのを感じていたが、涼しい顔をして食事を続けた。

「昼間から大胆だな」

「そうさせてんのは、どいつだ」

声に怒気がこもる。

「なぜ、ファルコンが島内組にいるんだよ」

神馬は訊いた。

「今回の潜入は、おれの単独じゃなかったのか？」

立て続けに問う。

「フェイスレスへの潜入はおまえだけだ」

「そういうこと聞いてんじゃねえだろうが」

刃先が上着を裂いて皮膚に触れたのがわかる。菊沢は少しだけ腰を前に出した。

「危うく、おれとファルコンが同士討ちになるところだったんだぞ。何考えてんだ、おまえら。仕事させるふりして、一課も潰そうとしてんじゃねえだろうな」

さらに刃先を突き出す。

「落ち着け、サーバル。周りを見ろ」

菊沢が言う。

神馬はベンチの陰から、周囲を見回した。

先ほどまで、近隣のサラリーマンたちが占めていたベンチに、きな臭い空気をまとう男たちが座っている。

一般人は気づかないほど、サラリーマン風体で周りに溶け込んでいるが、今は放つ気配があきらかに鋭い。

「アントが動いてんのか？」

「第三会議だ。今、暗殺部に関わった者は全員、第三会議の調査部に監視されている」

「ミスターDの命令か？」

「ハッキリは言えんが」

言葉を濁す。つまり、〝イエス〟ということだ。

「うちの他の連中も、フェイスレスに関係するどこかに潜っているというわけか？」

神馬が訊く。

「今、暗殺部は活動停止中だ。政府上層部に君たちが稼働していることが知れると、第三会議自体の存続が危うくなる。しかし、我々の事情がどうであろうと、黙認しがたい犯罪は至るところで起きている」

菊沢は食べ物を咀嚼しながら話す。

「ちょっと待て。ひょっとして、第三会議や上を無視して、ツーフェイス主導で動いているということか？」

神馬の声音に驚きが混じる。

菊沢はしばし押し黙った。弁当を食べ終え、蓋を閉じる。

「やむを得ない殺しは執行とみなす。仲間は殺すな」

菊沢が立ち上がる。

神馬はベンチの後ろから素早く姿を消した。

2

サラリーマンふうの二人組が、けばけばしいネオン装飾を施した入口を潜った。風俗店の無料案内所だ。

するとすぐ、奥から黒いスラックスに白いワイシャツ、ピンク色の法被を着て、蝶ネクタイをした、天然パーマの背の高い男が出てきた。

「いらっしゃい、お兄さん方。どんなプレイと嬢をお求めです?」

男は少し背を丸め、不自然なほどの笑顔を作り、歩み寄った。胸元に下げた名札には〝香田〟と記されている。

それは、警視庁暗殺部のメンバー、〝クラウン〟こと伏木守だった。

「俺は小柄でかわいらしい子がいいなあ」

一人が言う。

「俺はどちらかというと美人系が好きなんだ」

もう一人が言った。

「はいはい。プレイはどうします？　ヌキですか？　それとも――」

伏木は顔を寄せた。

「本番ですか？」

小声で問いかけ、にやりとする。

男たちの顔もほころび、ギラつく。

「いやいや、お兄さんたちも好きだねえ。けどね」

伏木はさらに顔を寄せた。

「ここいらの嬢は、年齢詐称と写真加工がひどくてねえ。いきなり新規で行くと、おい！　って嬢をあてがわれちまいますよ」

「マジか……」

男たちが真顔になる。

伏木は男たちの目を見て大きくうなずく。

「なんでね。お望みの嬢とプレイしたけりゃ、少し顔を売った方がいいんですよ」

「どうするんだ？」

一人が訊く。伏木はその男に顔を向けた。

「このあたりじゃ、エフという系列の風俗チェーンがありましてね。そこはキャバクラから本番ありの店まで経営しているんですよ。なんで、まず、エフ系列のキャバに二、三度通って、そこからヌキか本番へと流れていけば、まず外しません」

「本当か？　そうやって、金をむしろうってんじゃないの？」

もう一人の男が疑わしげに目を細める。

「この道二十年の香田が保証します」

そう言い、胸を張って名札を見せつける。

「エフ系列のキャバクラはメンツも揃ってますから、ヌキにいかなくても十分楽しめますよ」

「いくらだ？」

「一時間でおひとり様二万ってとこでしょうか。うちを通すなら、ドリンク一杯サービスさせてもらいますよ」

伏木は畳みかけた。

男たちは顔を見合わせて逡巡していたが、欲望には勝てなかったようだ。

「じゃあ、お願いしようかな」

「ありがとうございます！　少々お待ちください」

スマートフォンを出して、電話をしながら奥へと引っ込む。

「ご新規二名様。ドリンク一杯サービスでお願いします！」

景気のいい声が聞こえてくる。

伏木は紙のカードを二枚持って、戻った。

「お店はこちらです。ここを出て、右に行って、五十メートルほど先のビルの三階です。裏に私のサインを入れておきましたので、入店時、黒服に渡してください」

そう言い、男たちを出入口まで送る。

「いってらっしゃいませ」

伏木は男たちが見えなくなるまで、深々と頭を下げ、見送った。

一息ついて、店内に戻る。と、角刈り金髪の男が奥から顔を出した。

「なんで、風呂にぶち込まねえんだよ」

伏木を睨む。右目尻の傷痕が上がる。

「いやいや、あれはいきなり送り込むと、文句をたれるタイプですよ、渕上さん」

なれなれしく肩を叩いて、カウンターの奥のカーテン裏へ入る。

中にはテーブルと椅子があり、控室になっている。伏木はペットボトルのお茶を取って一口飲んだ。

「見たところ、遊びはするけど、風俗はあまり慣れてないといった感じだったでしょ？ああいうのをいきなり嵌めると、高いだ、ぼられただと騒ぐんですよ。なんで、キャバで慣れさせて、少しずつレートを上げ、金銭感覚を狂わせるんです。そこから、ヌキ、本番へと手順を踏ませると、遊び慣れていく自分に酔い始めます、あの手のタイプは。そうして勘違いさせたあとなら、五万、十万取っても文句は言わなくなりますよ」

「そんなもんなのか？」

「そんなもんです」

伏木は、にかっと笑った。

渕上は、フェイスレスが経営する風俗店の社員だった。今は系列店への無料案内所を任されている。

歳は三十半ば、右耳にピアスが並び、首元にタトゥーが覗いている。とても接客をする者の風体ではない。

伏木はおよそ一カ月前、〝ツーフェイス〟こと菊沢からフェイスレスへの潜入を命じられた。

下調べをしたところ、無料案内所からの客流しがうまくいっていないという情報を得て、中でも渕上が担当している案内所は、渕上のキャラクターもあってか、売り上げが上がっていないとの話だったので、そこを狙った。

はたして、すんなり採用され、さらに伏木が入ってからは客も流れるようになり、試用期間を経て、本採用でとの打診まで受けるようになっている。

しかし、伏木は曖昧にしか返事をしていない。

一つは、焦らしてもっと深くに入り込むため。

もう一つは、渕上を敵に回したくないからだ。

働きながら、内部状況を探っていた。

この無料案内所には、渕上、伏木の他に永井、大宮という若い男二人が働いている。渕上がいない時に彼らと雑談するが、二人の話では、渕上は案内所での接客はまったくダメながら、トラブル処理に関しては社内でもピカイチの腕を持つそうだ。

つまり、暴力要員。渕上が成績が悪くてもクビにならない理由は、トラブル時の汚れ仕事をさせるためだ。

それは言い換えれば、フェイスレスの裏の部分に直結する人員という証左でもある。

深部へ食い込むには、渕上を味方につけたい。

「今の売り上げ、渕上さんに付けときますね」

そう言い、座ってノートパソコンを開き、台帳に書き込んでいく。

「おまえ、俺に恩売ってるつもりか？」

渕上が睨む。

「売れるものなら売りたいですね」

ササッと入力を終える。

「大宮君から聞いたんですけど、店舗の売り上げ、本社の評価に直結していて、売り上げ上位は新店舗とか任されるんでしょ？」

「そうだが」

「上、行きたくないですか？」

ノートパソコンを閉じて渕上を見上げ、にやりとする。

「俺、渕上さんとなら上に行けそうな気がするんですけど」

畳みかける。

渕上は睨んではいるが、口元にはかすかに笑みが滲み、まんざらでもない感情を覗かせる。

「任せといてくださいよ」

立ち上がり、控室を出る。

渕上は怪訝(けげん)そうな目を向けつつも、〝上〟という言葉には興味を示している。

しっかり、仕込んでやろう。

伏木は渕上の視線を感じつつ、店の入口まで戻った。

3

〝リヴ〟こと真中凜子(まなかりんこ)は、ワインレッドのラメ入りドレスに身を包んでいた。

二十畳ほどの控室。U字型にソファーが置かれ、右手の壁は一面メイクミラーとなっていて、化粧台も設えられている。ソファーの後ろから奥へ延びる通路のような場所にはロッカーが並んでいる。

楽屋のような趣だった。

部屋のドアが開いた。黒いベストを着た男性従業員が顔を出す。

「リオンさん、指名入りました。お願いします」

凛子に目を向ける。

凛子は脇に置いたポーチを手に取って、ゆっくりと立ち上がった。軽く巻いた長い黒髪の端がふわりと揺れる。背筋を伸ばすと、形のいい乳房がふっと持ち上がり、ドレスの胸元の割れ目をさらに大きく押し開いた。

ピンヒールを履いた細い足をクロスさせ、腰を揺らしながら歩く。

通路を出ると、高級ラウンジのきらびやかな内装が目に飛び込んでくる。広々としたフロアにゆったりとボックス席が並んでいる。

フロア中央には、ライトアップされたアクアリウムがあり、クラゲが浮遊している。

天井にはシャンデリアが下がり、フロア全体を琥珀色に照らしている。

ボックス席には身なりのいい紳士が座っていて、色とりどりのドレスに身を包んだ女性たちが華を添えている。

凜子は黒服に案内され、左奥のボックスに近づいた。

頭髪を軽くバックに整えた濃い顔立ちの青年紳士が一人、座っていた。

「リオンと申します」

首を傾け、会釈する。

紳士は眼鏡(めがね)の奥から欲望に満ちた目を向け、凜子の体を上から下まで舐(な)めるように見た。

「失礼します」

凜子は気にせず、紳士の隣に座った。ドレスのサイドスリットが大きく割れ、太腿(ふともも)があらわになる。

紳士は凜子の太腿を見て、思わず口元にだらしない笑みを浮かべた。

凜子はポーチから名刺を出し、紳士に渡した。

「ええと……なんとお呼びすればよろしいですか？」

リオンが笑みを向ける。

「丹羽(にわ)です」

紳士が名乗る。

「丹羽って……。もしかして、都議の丹羽幸太郎(こうたろう)先生ですか？」

「僕をご存じでしたか？」

「はい。お顔を拝見して、ひょっとしたらとは思っていたのですが、お名前を伺うまでは、もし人違いなら申し訳ないと思いまして。丹羽先生といえば、今や時の人ですから」

凛子が持ち上げる。

丹羽は平静を装いつつも、口辺に滲む笑みを隠しきれない。

丹羽幸太郎は政治評論家から都議会議員へ転身した若手のホープだ。メディアに露出していたことで顔も売れていて、無所属で当選したにもかかわらず、さっそく都議会で若手議員の会派を作り、次期国政選挙には新政党を起ち上げるのではとの憶測もある。

与党が国民の支持を失い、野党への支持も伸び悩んでいる中、この若者が結成する新政党への期待は高く、次の選挙を睨んで、ベテランから新人まで、様々な政治屋が秋波を送り、丹羽に近づいてきて、一大勢力を形成しつつある。

凛子が菊沢からこの会員制高級ラウンジへの潜入を命じられたのは、まさに丹羽に接触するためだった。

丹羽は、経歴には問題ないものの、政治資金についてはきな臭い噂も立っていた。

自身は、メディアの出演料や大学での講義料などを政治活動に注ぎ込んでいると語っているものの、それだけでは賄いきれない金額が動いているようだった。

その資金の出所を探るのが主な目的だった。

暗殺部の案件とは関係ないと菊沢からは聞いている。

事実、これまでＤ１情報員として潜入してきた場所から比べると、この高級ラウンジはたやすく入り込めた。

客層も悪くないので、危うい場面をいなすのも難しくない。

今日、丹羽を直接接待するまで、半月を要した。

丹羽は若手有望株なので、ホステスたちからの人気も高く、取り合いになっていた。

誰もが色目を使う中、凜子は時折ちらっと視線を合わせるだけで、特にアピールすることなく、やり過ごしていた。

作戦だった。

丹羽のような活動的なタイプは、自己顕示欲が強い。万人にちやほやされることを望む。

自分に素っ気ない態度をとる女がいれば、必ず、それをモノにしたいと思うはず。

はたして、凜子は一度も言葉を交わすことなく、丹羽の指名を勝ち取った。

周りのホステスからは、嫉妬と憎悪に満ちた刺すような視線が送られる。

しかし、凜子は気にすることなく、丹羽に寄り添った。

ヘルプの子はいない。丹羽は凜子を単独で本指名したようだ。

凜子が隣に座ってほどなくして、黒服がシャンパンを持ってきた。クリュッグのビンテージだ。この店では一本二百万円もする代物だった。

「これは？」

「君のために頼んでおいたんだ」

丹羽が自慢げに言い、黒服に顔を向ける。黒服はうなずいて、開栓しようとした。

「ちょっと待って」

凛子が止めた。

「シャンパンは苦手かな？」

丹羽が訊く。

「いいえ、好きですが、先生がオーダーされていいものではありません」

「僕には分不相応とでも？」

一瞬、丹羽が気色ばむ。

凛子はまっすぐ眼差しを向けた。

「違います。先生は公人です。どこで誰に見られているかわかりません」

「だからこそ、こうして会員制のラウンジに来ているのだが」

「そうですが、人の口に戸は立てられないものです。今は先生も勢いがありますから、誰も足を引っ張るような真似はしないでしょうが、わずかな隙を見せた途端、追い落とされるのも政治の世界。今だからこそ、慎重になっていただきたいのです」

少し体を倒し、胸元の谷間を作って見せ、指先で丹羽の手の甲に触れる。丹羽の腕がぴくりと弾んだ。

「私ならペリエで十分です。それでも二十万はしますけど」

「十分の一だね」

「クリュッグは、またいずれいただければ」

ふっと瞳を潤ませる。

丹羽の顔に浮かんだかすかな怒気が消え、笑みが浮かぶ。

「君は素晴らしい女性だ」

「お褒(ほ)めいただき、光栄です」

凛子は丹羽を見つめ、わずかに口角を上げて微笑んだ。

4

栗島宗平(くりしまそうへい)はビジネスホテル前の路上に、黒いミニバンを停めていた。

後部のスライドドアが開き、金髪ショートカットの女の子が入ってくる。

「ただいま、ウリちゃん」

女の子が気軽に声をかける。上着を脱ぐと、寒くなってきたにもかかわらず、下はノースリーブで胸元の大きく開いたミニワンピースだった。

「お疲れさまです。寒くないですか？」

「車ん中、あったかいから大丈夫だよ。優しいね、ウリちゃんは」

　バックミラー越しに笑顔を向ける。

　栗島は照れて顔を赤くした。

「あー、かわいい！」

「やめてくださいよ。今日はもう上がりですか？」

「うん。うちまで送って」

「承知しました」

　栗島はスマートフォンを取って、番号を表示し、タップした。

　コール音二回で、相手が出る。

「あ、もしもし、瓜田(うりた)です。カレンさん、今日はもう上がりなんで、そのまま直送します。はい、わかりました」

　用件を伝え、電話を切る。

「カレンさん、売り上げもらえますか？」

「あー、そうね」

　カレンは、バッグから一万円札を二枚取り出した。センターコンソールに札を置く。

「オプション含めて四万だったから、半分の二万ね」

「確かに」

栗島は確認し、助手席に置いていたセカンドバッグに金を入れた。小さなメモ帳を取り出し、名前と時間と場所、プレイ内容と金額を書き込み、しまう。

「いつものところでいいですか？」

「うん、お願い」

カレンが言う。

車がゆっくりと動きだす。

栗島は、デリバリーヘルス嬢の送迎をする仕事に就（つ）いていた。

二カ月前、菊沢が突然訪ねてきて、デリヘル店に潜入しろと命じられた。

潜入は得意ではないが、菊沢は道筋をつけていて、すんなりドライバーとして雇われた。

このデリヘル店を仕切っているのは、宇佐美尊（うさみたかし）という男だ。地味な中年男性で、無精（ぶしょう）髭（ひげ）とぎょろりとした目が特徴的だ。

菊沢からは、宇佐美の動向を探ると共に、デリヘル嬢や従業員から聞いた話を報告しろと指示された。

コロナ禍の中、キャバクラや店舗型ヘルスへの客足は減ったが、その分、デリヘル店は案外繁盛している。

宇佐美の店もご多分に漏れず、売り上げは順調だった。

にもかかわらず、宇佐美の生活ぶりは一向に変わらない。仕事の時はスーツを着ているものの、そのスーツも年季が入っていてよれよれだ。

送迎中、それとなくデリヘル嬢たちの話を聞いていると、どうやら宇佐美は借金を抱えていて、その返済代わりに店長を務めているようだ。

宇佐美はただデリヘル嬢と売り上げを管理するだけの雇われ店長だった。

他の男性従業員も全員が借金を抱えた者ばかり。年齢も二十代から六十代と幅広い。

栗島演じる瓜田一平（いっぺい）も、借金まみれの三十代と紹介されていた。

内部事情を知るほどに、わからないのが、宇佐美や他の従業員を雇っているオーナーの正体だ。

デリヘル嬢は登録数だけでも、三十人を超える。

気になるが、拙速（せっそく）に入り込もうとすれば怪しまれるので、やりすぎないように努めていた。

「ウリちゃん、ごはん食べに行かない？」

カレンが誘う。

「嬢とのプライベートなお付き合いは禁止されていますので」

「そんな固いこと言わないでさあ。他の男は付き合ってくれるよ」

「僕はその……すみません」

「もー。でも、そういうとこ、いいよね。うちらの業界にいて、きっちりルールを守ってるヤツなんて、ほんといないもん。他の子も、ウリちゃんのファンだよ」

「いや、僕は根性がないだけで……」

赤くなる。

「ルールを破るのって、根性とかそういうのじゃないから。結局、人柄なんだと思う。ウリちゃん、本当はこんなところにいる人じゃないでしょ？」

「どうなんですかね。今、こうしてカレンさん送ってるし」

「借金のせいでしょ？　そういえばさあ、ウリちゃん、ゲームの課金で借金したって噂だけど、ほんとなの？」

カレンが訊く。

従業員やデリヘル嬢は、あまり、自分のことを話したがらない。詮索されないよう、他人のことも訊かない。それが暗黙の了解になっている。

だがやはり、胸の内に重いものを抱えている。吐き出せる場所があれば、吐き出したいと思っている人間も多い。

栗島は、暗殺部のリーダーである周藤にいろんな思いを吐き出した時のことを思い出す。

何度も足を運んでくれた周藤に、思いの丈を吐き出した時、全身がすうっと軽くなった。そこからようやく、次の一歩を踏み出すことができた。

カレンにしても、時折ぽつりと、今の生活から抜け出したいと口にすることがある。いつも明るく接してくれているが、本当は苦しくて仕方ないのかなと感じることもある。

といって、深く立ち入ろうとすれば、ただの雑談ですら拒むようになるだろう。

栗島がそうだったように、心に深い傷を負っている者にとって、〝話す〟という行為は、自分を切り取ることに等しい。少しずつ少しずつ、身を削りながら言葉を紡げば、最終的には自分が抱えた〝澱〟に行き着いてしまう。

話さないというのは、自分を守る行動でもある。

だから、栗島は、カレンに限らず、他のデリヘル嬢や従業員から、現状を憂う言葉が出ても、アドバイスしたり、反論したりはせず、ただただ黙って聞くようにしている。

いずれ、栗島でよければ、自ら自身のことを話すようになる。その時は、とことん聞いてあげればいい。

周藤がそうしてくれたように――。

そうした距離感と、ずんぐりとした坊主頭の風体のせいか、いつしかデリヘル嬢からは〝ウリちゃん〟と呼ばれ、親しまれるようになった。

おかげで、栗島があれやこれや尋ねなくても、内情はちらほらと耳に入ってきていた。

「ゲーム課金の話は、本当です」

栗島はバックミラーを覗き、苦笑した。

瓜田一平は、ゲームにのめり込んで借金をしたという設定になっている。

「何のゲームしてたの？」

「モンスターを倒して装備を集めていくゲームです。僕、あまり他のプレイヤーとパーティーを組むのが好きじゃなくて、一人でなんとか大きいモンスターを倒したいと思って、無課金でコツコツやってたんですけど、それじゃあ、絶対手に入らない武器とかたくさんあって。その装備がないとそのモンスターは倒せなくて。それで、ついついＲＭＴに手を出しちゃったんです」

栗島はすらすらと答える。

ＲＭＴとは、リアルマネートレードのことだ。ゲーム内のアイテムを、実際に金を払って買うことを意味する。

「一度、その味を覚えたら、どんどん強い武器が欲しくなって、それでお金を突っ込んじゃって……」

「あー、それは仕方ないねー。私も、キャラ出したくて、ガチャにばりばり課金したことあるもん。あれ、ほんとにずるいよねー」

たわいもない話に、カレンが乗ってくる。

「でも、安心した」

「何がです？」

栗島がバックミラーを覗く。

「ウリちゃんが、投げ銭とかで借金してたって話だと、なんかヤダもん」

「あはは。投げ銭には興味ないです」

栗島は笑った。

投げ銭とは、ソーシャルメディアのライブ配信や文章、イラストなどのクリエイターにオンラインで送金するチップのことだ。

自分が気に入った発信者にネット上でチップを送り、それをコンテンツの発信者が受け取る。

金額によって、プレミアムサービスがあったり、クリエイターに特別視されたりすることがあるので、過熱すると、信じられない金額を送金することもある。

「カレンさんは投げ銭したことあります？」

「うん……実は、一時期、Vチューバーに嵌まったことがあってさあ。一カ月に百万くらい貢いだことがある」

カレンは言って、悪びれた様子もなく、ぺろっと舌を出した。

「それはそれは。でも、Vチューバーさんって、声がカッコいいですもんねー」

「わかる？」

「僕は投げ銭しないけど、嵌まる人の気持ちはわかります。なんか、癒されるのかなあって感じですかね？」

「そうそう。そうなの！　ほら、私らって、現実が世知辛いじゃん。だから、ネットの中でも優しくされると、うれしいんだよねー」

「ホストに嵌まるよりいいんじゃないですか？」

栗島が言う。カレンはホストに嵌まったことがないということを知っていたからだ。

「さすが、ウリちゃん。わかってくれるよねー」

「ホストに嵌まるのも仕方ないんでしょうけど、いろいろしがらみがない分、やめようと思ったらスパッとやめられるでしょうし」

「そうなの。イチゴとか、どっぷりホストに嵌まっちゃってるから、いくら稼いでも追いつかないって言ってたしね」

カレンは、話の流れでぽろりと漏らした。

イチゴというのは、店に登録しているデリヘル嬢だ。三十路を越えた女性だが、小柄で童顔なせいか、二十代前半で通っている。

「イチゴさん、沼から抜けられるといいですね」

「ほんと。私もなんべんも言ってんだけどさ。なかなかねー」

カレンはため息をついた。

話していると、車は吉祥寺駅前に着いた。カレンはいつも、駅前で降りる。

「着きましたよ」

「ありがとう」

スライドドアを開けて、外に出る。

「お疲れさまでした。帰り道、あまり飲み歩かないでくださいね」

「わかってる。今日は疲れたし。心配してくれて、ありがとね」

笑顔を残し、カレンはハモニカ横丁の方へ歩いていった。

「大変だなあ、みんな」

カレンの後ろ姿を見送ってつぶやき、車を出した。

5

神馬が成尾と合流したのは、島内組と衝突してから丸二日が経った夜だった。

フェイスレスを率いる成尾は、片腕の愁斗の提案でいったん都心を離れ、湯河原にある別荘にこもることになったという。

電車での移動は目立つため、豪が、神馬の待つ新宿近くの隠れ家まで迎えに来た。神馬は後部座席に乗り込む。

豪は周りを見回しながら、首都高速四号線の入口に急ぐ。落ち着かない様子だ。

神馬は後部座席のシートに背を沈め、しばらく黙っていた。

豪は首都高速四号線から山手トンネルを経て三号線に移り、そこから東名高速道路に入った。

世田谷の東京ICを過ぎたところで、豪はようやく大きく息をついた。

それを認め、神馬は体を起こし、シートにもたれ直った。

「すまなかったな、連絡が遅くなって」

バックミラー越しに豪を見た。

「いえ、よかったです。黒波さんもひょっとして……と思ってましたから」

運転中の豪がミラーを覗き返し、笑みを作った。しかし、眼差しは暗い。

「こっちはどれだけやられた？」

神馬が訊く。

「十人強です。黒波さんも見てたと思いますけど、炎上した車に乗ってた奴らは全員、死にました。生き残っていた仲間も殺されました」

「なぜ、わかった？」

「連絡が来たんですよ。島内組の若頭、辻森から成尾さんに直接」

「辻森か……」

神馬の眉間が険しくなる。

島内組の若頭、辻森学は四十手前ながら、島内組だけでなく、阿比留会本部にも出入りしている、売り出し中のヤクザだ。

形は細いが、切れ者で度胸もあり、抗争の前面に立つことをいとわない。

いずれ島内組を継いで、阿比留会の中枢を担うであろうと目されている男だった。

「何を送ってきた？」

「生き残ったうちの奴らを次々と射殺する動画です。もちろん、一回再生すると消えるアプリを使っての連絡でしたけど」

「えげつねえな」

神馬がつぶやく。

「ほんと、えげつないっす……」

「今から行くヤサもバレてんじゃねえか？」

神馬が言った。

「それを危惧して、兄貴が二日ほどあちこちに足跡つけて敵を撒いて、成尾さんを湯河原の別荘に連れていったんですよ」

「大丈夫なのか、その別荘？」

「ええ。あそこは兄貴とオレしか知らないところで、他の仲間も連れてったことはねえから」

「おまえらの持ち物か？」

「まあ、そんなところです」

豪が言う。さらりと答えるが、歯切れがいいとは言えない。

「じゃあ、今その別荘にいるのは、おまえらと成尾だけか？」

「はい。成尾さんだけなら、オレらで守れますから。本当は、兄貴は黒波さんも連れてくるなと言ってたんですけどね。成尾さんが、黒波さんだけは絶対に呼べと言うんで、仕方なく……。あ、オレは大歓迎なんですよ、黒波さんがいてくれることは」

あわてて付け加える。

「わかってるよ」

神馬は苦笑した。

「すみません。兄貴、黒波さんを嫌ってるわけじゃないんですよ。ただ、根が慎重なんで、警戒しすぎるというか……」

「そのくらいでいい。なあ、豪。おまえはおれを信用してんのか？」

「もちろんです」

「なぜ？」

「いつも先陣を切って危険なところに飛び込んでくれるし、こないだも自らスナイパーを討ちに行ってくれたし、何より、オレらとは経験値が違います。こないだの倉庫での出入りで、さらにそう感じました。オレたちも本物のヤクザをナメていたわけじゃないですけど、黒波さんの言うように、あんなに静かに一人一人仕留めてくるとは思わなかった。ありゃあ、場数を踏んだ人しかわからんですよ」

豪が滔々と語る。

「そりゃその通りだが。もしそれが、オレと島内が組んでのことだとしたら？」

神馬がバックミラーを見やる。

豪の双眸が鋭くなった。無言で殺気を放つ。

神馬はフッと笑みをこぼした。

「まあ、島内と組んでりゃ、おまえらの命はとっくになくなってるがな」

声を立てて笑う。

「冗談はやめてくださいよ」

豪の気配も和らいだ。

「しかし、そういうことだ。裏の世界で生きていくなら、あまり簡単に周りを信用するな。身内さえもな。いつでも誰でも裏切るものだと思っとくぐらいがちょうどいい」

「黒波さんも裏切ることがあるってわけですか?」

「場合によっちゃあな」

「心得ときます」

豪が笑う。まさか、神馬が裏切るとは思っていないようだ。

「組織とシマの仕切りはどうするつもりだ?」

「店は全店、通常営業させています」

「島内の連中が切り崩してきたらどうするつもりだ?」

「放っておきます」

「おいおい……誰の提案だ?」

「兄貴です」

「切り捨てるつもりか?」

「まさか。徹底抗戦させます」

豪はバックミラーを覗いて、にやりとした。

「島内とまた一戦交(まじ)えるのか?」

「ええ。やられてもかまわないんですよ。ただ、やられっぱなしじゃなくて、一人ずつ削っていきます。いくら島内でも、うちの全店を一気に攻めることはできないでしょう?こっちが何店舗かやられたら、島内の店舗をそれ以上の数叩く。繰り返しです」

「キリがねえぞ」

「それが狙いです。それこそ、相手は本物です。徹底的に相手を潰すのも本物なら、利益にならねえ不毛な戦争をやめようとするのも本物でしょ？」

「手打ちがあるってのか？」

「はい。手打ちが入りゃ、うちに損はありません。元々、持ってなかったシマですから」

豪が言う。

どこまでも相手を軽く見ているとしか思えない発言だが、狙いは間違っていない。

裏社会の揉め事のほとんどは、縄張り争いとメンツの問題からだ。

島内組は一旦はフェイスレスにシマを荒らされ、メンツを潰された。しかし、先夜の倉庫での抗争で、フェイスレスの連中を蹴散らしたことで面目は保たれた。

取られたシマを奪い返せば、それもまた、島内の顔が立つことになる。

あとは、損得勘定だ。

しつこくフェイスレスに反撃されて、取り返したシマだけでなく自分たちの勢力も削られることになれば、勘定が合わなくなってくる。

弱ったところで、他の組織に根こそぎシマを持っていかれる可能性も出てくる。

確かに手打ちという線は現実味を帯びてくる。

だが――。

「手打ちとなりゃ、それなりの人物に仲立ちを頼まなきゃならねえ。うちにそんな人物がついているとは思わねえが。あてはあるのか？」

神馬が訊いた。

「それは、別荘で兄貴から話があると思います」

豪がにやりとする。

「そうかい」

神馬は笑みを返し、ミラーに映る豪を見据えた。

6

周藤は島内組が所有するマンション五階の一室にいた。

仕事がない時は、ここで自由にしていてかまわない。外出も可能だ。ただ、呼ばれた時にはすぐ駆けつけられるよう、専用のスマートフォンだけは常に携帯するように言われていた。

周藤はリビングで、預かっている拳銃の手入れをしていた。

FNブローニング・ハイパワー。世界の軍隊や警察で採用されてきた自動拳銃で、9×19ミリパラベラム弾を使用するモデルだった。

状態はいい。こうした実績のある高性能銃を、反社会的勢力が手に入れられることに脅威を覚える。

　インターホンが鳴った。

　周藤は手を止め、ドア口に歩み寄って、インターホンを見た。辻森が立っていた。通話ボタンを押す。

「なんです？」

――客人、ちょっといいか？

「開いてます、どうぞ」

　そう言い、ソファーに戻り、銃の手入れを続ける。

　ドアの開く音がした。足音は一つ。入ってきたのは辻森だけのようだ。

　リビングのドアが開く。テーブルに並べられた銃の部品を見て、微笑む。

「さすがだな」

「道具は大事ですから。どうぞ」

　向かいのソファーを指す。

「何か飲みますか？」

「いや、続けてくれ」

　辻森はソファーに腰を下ろした。深くもたれ、脚を組む。

「先日の出入り、お疲れさん。これ、些少だが」

ジャケットの内ポケットから茶封筒を出し、テーブルの端に置く。

一瞥する。厚みから見て、百万か。

周藤は封筒に手は出さず、黙々と部品の掃除を続けた。

「細かく掃除するんだな」

「自動拳銃はちょっとした埃や油の不足で、すぐジャムります。スプリングも定期的に調整した方がいい。しかし、こいつは状態がいいので、手入れも楽です。よく、こんなものが手に入りましたね」

「まあ、それなりのルートはある」

辻森が含みのある笑みを覗かせる。

周藤は部品を取って、手際よく組み立てていった。最後にスライドを滑らせて撃鉄の動きやマガジンの動作を確認し、茶封筒の横に銃を置いた。

「本当に見事だな。海外でヒットマンをしていたというのもまんざら嘘ではなさそうだ」

辻森が言った。

周藤は〝ジョー〟と名乗っていた。国内外でヒットマンとして暗躍していて、デカい仕事を終えて帰国し、島内組に身を寄せるという体で潜入した。

そこまでのルートは、菊沢が裏社会の協力者を通じて用意していた。

「ちょっと頼みがあるんだが」

「仕事ですか？」

「まあ、そんなところだ」

辻森が脚を解いて、身を乗り出した。

「うちに喧嘩を売ってきたフェイスレスの成尾ヨシハルを殺ってほしい」

そう言い、ポケットから写真を取り出した。

浅黒く灼けた肌に白すぎる歯が印象的な男だった。

「こいつはフェイスレスのリーダーで、Ｇスプリングなんてふざけた名前で呼ばれている。こないだの倉庫にもいたんだが、逃げられちまった」

「組挙げて、一掃した方がいいんじゃないですか？」

「そうしてえところなんだがな。先日の騒動でさっそくサツにマークされている。あいつら、俺らには厳しいが、半グレには何もできねえ。やってられねえよ」

辻森が吐き捨てる。

「うちで草鞋を脱いだのも何かの縁と思って、引き受けてくれねえか。この通りだ」

太腿に両手を置いて、頭を下げる。

「わかりました。仕事として引き受けます。報酬は一本で」

「千か？」

「ええ。それが私のレートなので、出せないのなら、他を紹介しますが」

「わかった。あんたに任す」

辻森は太腿を叩いた。

「ターゲットはどこに？」

「ここにいるらしい」

スマートフォンを出して、マップを表示する。赤い印が立っているのは、湯河原だった。

周藤は自分のスマホを出し、データを転送させた。

「いなかった場合は？」

「連絡してくれ。うちで捜させる。その時は、報酬は——」

「わかってます。これで十分ですよ」

周藤は茶封筒に目を向けた。

「プロはやりやすいな。頼んだ」

席を立って、部屋から出て行く。

Gスプリングか——。

周藤は棚から弾が入った箱を出し、予備のマガジンに一発ずつ詰め始めた。

7

　成尾たちが湯河原の別荘に身を潜めて、丸三日が経とうとしていた。

　その間、フェイスレス系列の店は通常営業していたが、島内組の者たちが荒らしに来る兆候はなかった。

　成尾は愁斗と豪、神馬をリビングに集めていた。寝る時以外はずっと、周りに神馬たちを置いている。

「そうか、わかった。ご苦労さん」

　愁斗が仲間からの電話を切った。

「誰からだ？」

　成尾が訊いた。

「渕上からです。今日も全店舗何事もなく、業務を終えたそうです」

　愁斗が報告する。

　渕上は、無料案内所に詰めてはいるが、主にトラブル処理を担当する。トラブルが起きれば、渕上が処理にあたるので、彼に訊けば、現場の動向がよくわかる。

「三日、何もなしか。島内の連中、もう手を出してこないんじゃねえの？」

豪が言った。

「黒波さん、どう思います？」

めずらしく、愁斗が訊いてきた。

「そうだな……。このままで終わるとは思えないが、裏で何かが起こっている可能性はあるな」

「俺たちにビビったか？」

成尾が調子に乗った言葉を吐く。

神馬は成尾を見据えた。

「あんたも見たろう。仲間が撃ち殺された動画を」

成尾の頰が引きつる。

「殺しがサツにバレた可能性は？」

愁斗が訊いた。神馬は愁斗の方を見た。

「それもなくはないが、であれば、マスコミに何らかの情報が出てくるだろうし、うちの関係にもサツは踏み込んでくるはずだ」

「それもないとなると……」

「一つは、動かないことでこっちを疑心暗鬼にさせ、内部崩壊を狙っている線。ヤクザがよく使う手だ。現に今、こっちは相手の動きが読めなくて、戸惑ってるだろう？　散々動

揺させた後、玉ねぎの皮でも剝ぐように勢力をゆっくり削っていく。そういう作戦か
……」

神馬は言葉を切り、一呼吸置いた。やおら話を続ける。

「もう一つは、一気に攻勢に出るつもりだったのが、なんらかの理由でストップがかかったか、だ。愁斗」

神馬は愁斗を直視した。

「おまえ、島内に抵抗した後、手打ちをするつもりだと言っていたらしいな。仲裁人は誰に頼むつもりだったんだ？」

眼力を強める。

愁斗の黒目が一瞬泳いだ。

「組の者が半グレと手打ちするなんざ、聞いたことがねえ。それなりの人物をあてにしていたんだろ？」

語気も強くなる。

「おい、愁斗。誰なんだ？」

成尾が睨む。

愁斗はうつむいて、大きく息を吐いた。少しして、ゆっくり顔を上げる。

「まだ、言えません」

「どういうことだ！　てめえ、俺に隠れて、誰と何やってんだ！」

成尾が腰を浮かせる。

「豪！　てめえも知ってんだろ！」

「オレは何も知りません」

「嘘つけ！」

「G！」

神馬は一喝し、ひと睨みした。成尾は歯ぎしりしながら、座り直した。

空気が張り詰める。

「まあいい。そいつが島内に手を回してるって可能性はないか？」

愁斗に顔を戻して、静かに訊いた。

「それはないと思いますが……」

「すぐに調べろ。おまえはそいつを信頼しているのかもしれねえが、裏に通じている人間だろ？　こっちについても利がないとなりゃあ、背中を刺されて終いだ」

神馬の言葉が他の者たちの腹に響く。それほどの凄みが神馬からは漂っていた。

本物の迫力に、三人は息を呑んだ。

「わかりました」

愁斗は立ち上がって、部屋を出た。

「豪、おまえはここにいて、Gを警護しろ。何もねえと思わせといて急襲するのも連中の常套手段だ。気を抜くな」

神馬に言われ、豪は緊張した面持ち(おもも)で深く首肯(しゅこう)した。

「G、ここから出るな」

そう言いつけ、神馬が立ち上がる。

「どこへ行くんだ？」

成尾が急に弱々しくなり、すがるように神馬を見つめてきた。

「屋敷の周辺を回る。異変を感じたらすぐに連絡するから。豪、その時はGをここから連れ出せ」

「はい」

豪の返事に頷くと、神馬は黒刀を持って部屋を出た。

ドアを閉め、廊下で息をつく。

何が動いてんだ……。

愁斗がいるはずの部屋の方を睨み、神馬は屋敷から出て行った。

8

タイトなスカートスーツを着たショートカットの女性が扉の前に立った。手には厚いスケジュール帳を持っている。

女性はワインレッドのセルフレームの眼鏡を人差し指で軽く押し上げてから、扉をノックした。

「片桐(かたぎり)です」

女性が名乗る。

「入れ」

奥から野太い声が聞こえてきた。

片桐と名乗った女性は、静かに扉を開け、一礼した。

広々とした部屋の奥には執務机があり、その手前に応接セットが置かれている。

奥のソファーには大柄で白髪のスーツ姿の紳士が座っていた。ブランデーグラスを手に、葉巻をくゆらせている。

女性は紳士に歩み寄った。

「先生、美濃部(みのべ)様が至急、お会いしたいと訪ねておいでですが」

「こんな時間にか？」

紳士はサイドボードに載った置時計を見た。午後九時を回ったところだ。

「まったく、連中は礼儀を知らんな」

紳士は灰皿に葉巻を置いた。

「お帰りいただきますか？」

「いや、通せ」

「承知しました」

腰から礼をし、部屋を出る。

その振る舞いは機械のようでいて優雅だった。

扉を閉めて、玄関へ向かう。

片桐と名乗っていたのは、〝チェリー〟こと天羽智恵理だった。二カ月前から菊沢の命令で、元衆議院議員・奥塚兼造の秘書として、私邸に出入りしている。

玄関まで来ると、ほっそりとした猫背の男が立っていた。髪はオールバックで、銀ラメのオーダーメイドスーツを着ているが、下卑た雰囲気を漂わせる男だ。

「美濃部様。奥塚先生がお会いになるとおっしゃっております。どうぞ」

スリッパを揃えて、促す。

美濃部は革靴を脱ぎ散らかし、スリッパをつっかけた。

「こちらへ」

智恵理が先導する。

美濃部はガニ股で肩を揺すり、智恵理の後に続く。

美濃部真一は、関東広域連合の一角をなす美濃部一家の総長だ。その見た目に反して、経済力と知略で勝ち上がってきたヤクザだった。

扉前まで来て、再びノックをする。

「お連れしました」

扉を開け、美濃部を中に通す。

「先生、遅い時間に申し訳ありません」

美濃部が扉口で膝を曲げて腰を落とし、深々と頭を下げる。

「まあいい。入れ」

「失礼します」

美濃部が中へ入っていく。

「片桐君。今日はもう上がってよい」

「承知しました。失礼いたします」

智恵理は頭を下げ、扉を閉めた。

中で、美濃部が何を話すのか気になるが、扉の前から去る。

菊沢の命令は、奥塚の屋敷や事務所に出入りする者たちを特定しろというものだった。深入りは無用、人物を特定できればいいという。

目的も潜入期間も知らされていない。菊沢がいいと言うまで、奥塚に張りついておくことが至上命令だ。

菊沢の話によると、暗殺部が活動停止状態の中、仕事勘が鈍るのを避けるため、軽い任務に就いてもらうということだった。

しかし、智恵理は信じていない。

なんらかの、暗殺部が関係する仕事に違いないと感じている。

智恵理はこの任務に就く前、他のメンバーの動向を調べていた。誰もが、菊沢に命じられた潜入を行なっている。

いずれ、暗殺部として動く時が来ると睨んでいた。

奥塚の周りには、実に様々な人物が顔を出していた。

財界人、政治家はもちろん、外国の要人、裏社会の人間も顔を見せる。一線を退いてもなお、分刻みのスケジュールを組まなければならないほど多忙だ。

奥塚は、左翼活動家から政治家に転身した人物だ。そしてのちに与党の議員となり、大臣職には就かなかったものの、党三役や衆議院議長も担い、政界では隠然たる力を持っている。

今や、フィクサーと言える存在になりつつあった。

本来であれば、このような人物の懐に入るのは苦労する。

しかし、菊沢はすぐに手配を整え、奥塚の秘書だった女性の代わりに、智恵理がすんなり入れるよう仕込んだ。

どういう力学が働いたのかは知る由もないが、それなりに、奥塚を追い落としたい実力者もいるのだろうと推察する。

ともかく、何かが動きだすまでは奥塚に疑われないよう、秘書を演じ切ること。

智恵理はこの二カ月、毎日そう自分に言い聞かせていた。

9

別荘周辺を調べていた神馬が、離れの茶室の建屋を横切ったところで足を止めた。

気配がフッと頬を掠めた。

よく知っている気配だ。

建屋を回り込み、壁に背を寄せて、黒刀の柄を握る。

気配が近づいてきた。建屋の角を挟んで背中で対峙する。

攻撃してくるような空気はない。

神馬は柄から手を離し、壁から離れて姿を見せた。

「何してんだよ、ファルコン」

相手を見やる。

「わかったか？」

周藤は手に持っていた銃をジャケットの下のホルスターにしまった。

「物騒なものぶら下げてんじゃねえか」

胸元に目をやる。

「そりゃそうだ。成尾を殺せと頼まれたからな」

「暗殺部が動いているのか？」

神馬が周藤を見やる。

「違う。島内組からの依頼だ」

「ヤクザのヒットマンにまで落ちたのか？」

神馬が呆れた様子で首を横に振る。

「だが、それならおれも立場があるんでな」

柄に手を伸ばす。

「成尾を殺す気はない。島内には、別荘はもぬけの殻だったと報告しておく。理由をつけて成尾を連れ出し、隠れ家を変えろ」

周藤が言う。

「そりゃ、そうさせてもらうが……。なあ、ファルコン。何が動いてんだ？」

神馬は周藤を見つめた。

「今は話せない」

「D1として動いているのか？」

「それもまだ答えられない」

「ファルコンは、事情を知って動いているということか？」

神馬が訊くと、周藤は頷(うなず)いた。

「そっか……」

神馬は目を伏せ、大きく息をついた。

「いずれ、動くってことだな」

「そうなる。今は、とにかく成尾に張りついて、ヤツと周辺の情報を集めておけ」

「わかったよ」

もう一度息をついて、顔を上げた。

「じゃあ、成尾を逃がすために情報をもらいたいんだけどな。島内はここの情報をどうやってつかんだんだ？」

「それは俺にもわからない」

「ここは柏崎兄弟が誰かに買わせた別荘らしい。島内の連中はその情報をどこからか引っ張ってきて、ファルコンを放ったということになる」

「もっと詳細な情報が入っているのだろう。成尾がここにいることに確信を持っていて、その上で俺に殺しを頼んできた」

「近いところから漏れてるってことか……」

神馬の目つきが鋭くなる。

「島内はなぜフェイスレスの系列店舗を襲わねえんだ？　今なら、シマを奪い返す絶好の機会だろうよ」

「それもわからんが、若頭の辻森が言うには、警察にマークされていて、思うように動けないということだ。が、それは嘘だろう」

「確かめたのか？」

「ああ。先日の倉庫での件は、刑事部も組対も動いていない」

「辻森が、何か画を描いてるってことか？」

「かもしれんし、さらに上の者が画を描いて、辻森を動かしている可能性もある」

「そっちはそっちで、見えねえのが糸引いてるかもしれねえってことか。なかなか厄介だな」

話していると、別荘の玄関ドアが開く音がした。

周藤が音も立てずに動く。

「連絡はどうする？」

「必要な時、俺が接触する。サーバルは自分の仕事をしておけ」

「了解」

神馬が返事をすると、周藤は闇に走って消えた。

茶室の建屋を回り込んで姿を見せると、愁斗が表をうろついていた。

「どうした？」

神馬は声をかけ、歩み寄った。

「あんたが遅いんで、見に来たんだよ。何かあったのか？」

「なんか、嫌な感じがしたんで探ってみたんだがな。何もなかった。だが、嫌な感覚が抜けきらねえ。ここは離れた方がいいな」

「島内の連中が来るというのか？」

「長年の勘というやつだ。しかし、この嫌な感じはよく当たる。今夜、動いちまおう」

「そんなに急ぐことはないだろう」

「もし、勘が当たって、島内に急襲されたらどうする？　今度はみんな殺られるぞ」

神馬が見据える。

愁斗の目尻が引きつる。

「わかった」

「あてはあるか？」

「近くに廃業した旅館がある。そこならすぐ移れる」

「上出来だ。行くぞ」

神馬は愁斗の二の腕をポンと叩き、促して別荘へ急いだ。

第二章　雲霧潜行

1

周藤は、教えられた別荘にはフェイスレスの成尾がいなかったことを、島内組の辻森に伝えた。

すぐに辻森は地図を送ってきた。西東京市郊外に直接来てくれという。

周藤は東名高速道路を飛ばし、二時間ほどで指定の場所に到着した。

高い壁に連なって異様に大きな門扉があった。『島内』という表札が掲げられている。島内組組長・島内守利の私邸のようだ。建物は植えられた樹々に遮られ、その全貌は見えない。

車に乗ったまま辻森に携帯電話で到着を告げると、高さ三メートルほどの分厚い木製の門扉がゆっくりと左右に開いた。

辻森が顔を出す。周藤は運転席の窓ガラスを下ろした。

「ジョーさん、こんなところまで申し訳ねえな」

「いえ。ここは？」

「親父の私邸だ。あんたと話してえってんで、来てもらった。隣、いいか？」

「どうぞ」

周藤が言うと、辻森は反対側に回り助手席に乗り込んだ。

「中へ」

辻森に言われ、周藤は車を静かに門の中へと進めた。

木立に囲まれた道を奥へ進む。私邸とは思えないほどの広い誘導路だ。

「ずいぶんと手薄ですね。大丈夫ですか？」

「心配ねえ。ここには、うちの精鋭十人が常時詰めている。そこ、見てみろ」

フロントガラス越しに指をさす。

周藤は運転しながら、辻森が指した方を見た。赤く小さな光がぽつりぽつりと枝葉の間に光っている。

「監視カメラですか？」

「ああ。それと人感センサーだ。親父が、ガチガチのコンクリート壁はみっともねえってんで、森を壁にしたんだ」

「いいアイデアです。樹木は防壁にもなり、人も隠せますからね。進入してくる敵からはトラップも見えづらい。東南アジアでは、ターゲットが森に隠れていることも多くて苦労します」

「そうか。そんな時は、どうするんだ？」

「行動を綿密に調べて、森から出てくるのを待ちます。むやみに森へ入っていくより、その方が確実です。組長さんも外に出る時に気をつけたほうがいい」

「それ、親父に言ってやってくれ。親父、防弾ガラスを仕込んだ装甲車も嫌うんだ。てめえらの身体で守れなんて言うから、こっちも生きた心地がしねえ」

辻森が苦笑する。

「タイミングがあれば、伝えましょう」

周藤も少し微笑み、誘導路を抜けた。

木立の奥に平屋建ての一軒家が現われた。建物前のロータリーを回り、玄関口に車を着ける。玄関脇に立っていたスーツ姿の若い組員が、すぐに駆け寄ってきた。

「ジョーさん、このまま降りてくれ。うちの者に車は運ばせる」

「わかりました」

周藤は車を降りると、若い組員にキーを渡し、辻森と共に玄関へ入った。

玄関口は高級旅館と見まがうほど広かった。屏風（びょうぶ）があり、巨大で華やかな色彩の壺もある。入り組んだ飾り棚には様々な調度品が並んでいる。

一見、ごてごてと飾りつけているようだが。

「さすがですね」

周藤はつぶやいた。

「さすがとは？」

辻森が広すぎる三和土(たたき)を上がり、スリッパに足を通しながら訊く。

「このあたりに物が多いのは、万が一、侵入者があった場合の遮蔽物(しゃへいぶつ)でしょう」

「あんたにはわかるか。たいしたもんだ」

辻森がにやりとする。

辻森に続いて、正面廊下を奥へと進む。突き当たりに中庭があり、向こう側へはぐるりと回る必要がある。右に曲がると、その先に扉が見えた。

この回廊もまた、万が一の時の備えだろう。正面廊下を進んでくる敵の姿が丸見えになる。

辻森は、華美な装飾の施された木製ドアをノックした。

「親父、ジョーさんをお連れしました」

「入れ」

野太い声が響いた。

と同時に、世話係らしきジャージ姿の組員が内側からドアを開けた。

「よくおいでくださった」

正面の黒い二人掛けソファーに大柄の男が腰を下ろしていた。

島内守利だ。武闘派を標榜する阿比留会の中でも荒々しさで売ってきた、根っからの極道だった。

ソファーの後ろには大きな机があり、その後ろの壁には代紋を掲げ、日本刀を飾ってある。天井にはきらびやかなシャンデリアが吊り下げられていた。

ここまでヤクザらしい部屋も、今どきはめずらしい。

「どうぞ、中へ」

葉巻を挟んだ大きな右手で、テーブルのこちら側、自分の向かいのソファーを指す。

周藤は辻森に促され、島内の対面に座った。

「先日の出入り、ご苦労さん。あんたがいて助かったよ」

「いえ、こちらこそ、寝食世話になっていながら、過分な報酬をいただきまして」

「客人のもてなしと仕事は別だ。遠慮なく収めてくれ」

「ありがとうございます」

周藤が頭を下げる。

島内は膨らんだ瞼を開いて、葉巻を咥えたまま笑顔を見せた。

辻森は島内の右手にある一人掛けソファーに腰を下ろした。

「ジョーさん、ウイスキーでいいか？」

「いただきます」

世話係が壁際に設えられたサイドボードからグラスとボトルを出し、ワゴンに載せた。

グラスにウイスキーを注ぎ、島内と辻森、周藤の前に置く。

「ここはもういいぞ」

辻森が声をかける。

世話係の男はボトルをテーブルに置いて、深々と一礼し、部屋を出た。

「では、お疲れさん」

島内がグラスを掲げた。辻森と周藤がグラスを目の上にかざす。

島内と周藤は一気に飲み干した。辻森は一口だけ含み、二人のグラスにウイスキーを注いだ。

「いける口ですな」

島内が微笑む。

「飲める時は飲むようにしています。仕事に入ると、酒は口にできませんので」

「いいねえ、そのプロ意識。おまえらも見習え」

島内が辻森を見据える。

「勉強させてもらいます」

辻森が周藤に頭を下げた。

「立派な家ですね。ご家族もこちらに？」

周藤が訊いた。

「いや、うちの女房と息子は別のところだ。今のご時世、ヤクザの身内となりゃ、何かとやりにくいし、こんな稼業をしてると、知らぬ間に女房子供を危険に晒すこともある。籍も入れてねえし、子供の認知もしてねえ。住処は用意して、生活費も出してやってるがな。俺ができるのはそれだけだ。それ以上のことをしちゃいけねえ」

島内はつらつらと話した。

暴力団関係者が一般社会で生きていくのは、想像以上に厳しい。住まいを自由に選ぶこともできず、銀行口座一つ作れない。

社会の目も厳しく、暴力団の身内というだけで世間から弾かれてしまう。

島内自身は自業自得だが、妻や、まして子供に罪はない。

ただ、それを文句も言わず呑み込んで、自分にできることを精一杯している島内の姿勢は、反社会的勢力の人間とはいえ、立派だと感じる。

「ところで、ジョーさん。さっき、踏み込んだ別荘に成尾はいなかったと報告を受けたが、本当か？」

島内が笑顔で睨む。武闘派で鳴らしているだけあって、その眼力は圧が強く同時に鋭い。

しかし、周藤は涼しい顔で見返した。

「嘘をついても仕方ありません。もぬけの殻でした」

淡々と話し、ウイスキーを含む。

島内はじっと周藤を見ていたが、ウイスキーを飲み干し、葉巻の煙を燻らせた。

「嘘はねえようだな。ということは、ありゃ、やっぱり――」

「なんです？」

周藤が訊く。

辻森が口を開いた。

「こないだの出入りの時、ジョーさんが仕留められなかった剣客がいただろ。心当たりがあったんで、調べてみたんだよ。すると、どうやらそいつは黒波じゃねえかって話になってね」

「黒波？　何者ですか？」

周藤はそらとぼけて聞き返す。

「あんたは外国にいたから知らねえかもしれんが、ヤクザの用心棒として名前を売っていた刀遣いだよ。守銭奴でな。金さえもらえりゃ、昨日草鞋を脱がせてもらった組にも攻め込むような、仁義もクソもねえガキだ」

辻森が唾棄するように言った。

裏社会の者から神馬の生の評価を聞くのは初めてだった。あまりの言われように、周藤は腹の中で笑った。

「そんなクソガキなんだが、刀を持たせると厄介な相手でな。おまけに鼻が利く。ヤツに裏を掻かれて潰された組織はいくつもある」

「ほお、そんな剣客がいたんですね」

周藤は感心して見せた。

島内が口を開いた。

「あのガキがフェイスレスにいるとなりゃあ、合点もいくんだ。こないだの出入りは完璧だった。あれで成尾たちを根こそぎ殺せるはずだったが、俺たちの策を見破られた。成尾にも柏崎兄弟にも、そこまでの知恵はねえ。だが、黒波なら気づく。ヤツが向こうについているなら、すでに別荘に連中がいなかったのも納得だ。ここ何年も名前を聞かねえから、どこかで野垂れ死んだものと思っていたが、よりによって、俺の反目にいるとはな」

島内は眉間に皺を立てて、葉巻を噛んだ。

「で、ちょっと調べてみたんだ」

辻森が話し始めた。

「黒波が半グレに手を貸すとは思えねえ。裏があるんじゃねえかと思ったら、どうやら一岡連合の幹部が成尾に黒波を紹介したようだ」

「一岡連合というのは？」

「関東広域連合の一組織だ。俺たちとは長い間、やりあってる。あいつらが、成尾を使って、うちの縄張りを切り崩していると考えると、すべてがつながるんだ」

「つまり、本当の敵はフェイスレスではなく、一岡連合だと？」

周藤が訊くと、辻森は確信しているように強く首肯した。

「てめえらで動かず、半グレを使うなんざ、うちも舐められたもんだ」

島内が葉巻を嚙み千切った。くちゃくちゃと嚙み、灰皿に茶色い葉タバコのカスを唾液と一緒に吐き出した。

周藤を見やる。

「そこでな、ジョーさん。この際、バカガキどもと一緒に、一岡連合もやっちまおうと思うのよ」

膨れた瞼がビクビクと動く。

「しばらく、連中のシマは放っておくつもりだったが、一気に攻勢をかけて奪取する。一岡らが出張ってきたら、そこを返り討ち。混乱しているところで、ジョーさん、あんたに一岡の首を獲ってほしい」

瞼の動きが大きくなる。

一岡というのは、一岡連合総長、一岡孝光のことだろう。そちら方面の情報に詳しくはない周藤でも、一岡連合は関東広域連合の中で経済ヤクザとして通っていることは知っていた。

しかし、ちょっと図式が単純すぎるような気もする。神馬がフェイスレスに潜入するのに使った単なる伝手ということも考えられる。

「もらえるものをもらえれば、仕事はしますが……」

「なんか、気になることでも?」

辻森が訊いた。

「フェイスレスの後ろ盾は、一岡連合だけでしょうか?」

「どういうことだ?」

島内が訊いてきた。ゆっくりと島内に向き直る。

「これまで、一岡連合が強引にこちらのシマを獲りに来たことはありますか?」

「それはねえ。抗争となりゃ、向こうにも甚大な被害が出るのはわかってるからな」

「均衡を保っていたわけですよね?」

「まあ、そうだな」

「それがなぜ、今になって、シマを切り崩そうとしてきたんです?」

「俺らのシノギも厳しくなっているからよ。勝負に出たんじゃねえか？」

島内は単純な理屈で返してくる。

「しかし、そういうわかりやすい図式なら、早晩、フェイスレスに一岡が絡んでいることはバレると知っているはず。そうなれば、島内さんが黙っていないことも。暴力団にとって厳しいこのご時世、潰し合いになるのを覚悟で攻めてくるでしょうかね」

周藤が言うと、島内は背もたれに仰け反り、腕を組んだ。

「言われりゃあ、それもそうだな……」

島内が周藤の話を受け入れる。

武闘派と言われる組の長は、誰の意見も聞かない強面が多い中、島内は下の意見にも耳を傾ける姿勢を持っているようだ。

島内組がいまだ隆盛を誇っている理由が、そこにある気がした。

「もう少し、調べてからの方がいいんじゃないでしょうか。一岡のさらに裏にいる何者かが糸を引いているとすれば、下手に突っ込めば、潰されてしまいますよ」

「うむ……。辻森」

「はい」

「ジョーさんの言うことも一理ある。徹底的に調べてみろ。何人か、ぶち殺してもかまわねえから」

「わかりました」

辻森はウイスキーを飲み干し、立ち上がった。

「では、さっそく」

一礼して、部屋を出る。

「ジョーさん、ゆっくりしていってくれ。あんたの海外での話を聞きてえ」

「お付き合いさせてもらいます」

周藤はグラスを上げた。

2

凜子は、虎ノ門(とらのもん)ヒルズ最上階のバーにいた。

半円形のボックスに並んで座っているのは、都議会議員の丹羽幸太郎だった。

凜子は誘いを何度か断わっていた。しかし、ラウンジのオーナーから直々(じきじき)に会うように頼まれ、仕方なくといった雰囲気で出かけた。

この夜の凜子は、体のラインが出ない緩めのブルー系のパンツスーツに身を包んでいた。メガネをかけ、髪も後ろで一つに束ね、バッグもビジネスバッグにしていた。

その姿は、若手女性起業家のようだ。

凛子は笑顔も見せず、丹羽を睨んでいた。

「そう怒らないで」

丹羽が機嫌を取ろうと体を寄せる。

凛子は尻を滑らせ、距離を取った。

「先日、申し上げたはずです。先生にとって今は大事な時期。私のような女とこんな衆(しゅう)目(もく)のあるバーで会うなんて、自殺行為ですよ」

「部屋のほうが良かったかな？」

丹羽が軽口を叩く。

「先生」

凛子はキッと目尻を吊り上げた。

「冗談だよ、冗談」

「どこで誰が聞いているか、わかりません。政治家は言葉に気をつけなければ」

「君はどうして、そうも僕に気をつかってくれるんだ？　今日の服装も、どう見てもビジネスウーマンにしか見えない」

「そうしたんです。写真を撮られても若手起業家と会合していると言い訳はできます。着飾れば、あの女は誰だと探りたくなるでしょう？　先生の奥様ならまだしも、私は——」

「じゃあ、僕の妻になってくれるかい？」

唐突に真顔で言う。

「それは先生のためになりません」

「僕は独身だ。誰と付き合い、誰を妻にしようと、非難を受けるいわれはない」

「先生はそうかもしれませんけど、世間はそう見ません。職業に貴賤はないと言いますけど、それは建前です。SNSが日常となった今、差別はなくなるどころか、ますます顕在化しています。先生にはクリーンな存在でいてほしい。日本のために」

「やはり、君は素晴らしい女性だ」

丹羽は微笑み、窓の向こうに目を向けた。

眼下には、まばゆくきらめく東京の街が広がっている。

「君はこの街を見て、どう思う?」

「きれいですね。星をちりばめたみたいで」

「そうだね。でも、星は遠くにあるから輝いて見えるんだ。近づけば近づくほど、水も空もない荒涼とした大地だけしか見えなくなる。ここも同じだ。上から眺めている分にはとてもきれいだが、一歩地に足を下ろすと、そこには衰退しつつある社会が広がっている。僕はね、この東京の街を、ひいては日本を、この上から見える景色と同じように美しく力強いものにしたいんだ」

「汚いもの弱いものは排除するということですか?」

「排除ではない。掃除をするというのかな。日本国中に巣食う闇を一掃したい」

　真顔で、しかも屈託のない涼しげな眼で語る。

　その姿は一見すると、素晴らしい理念を語る青年のように映る。

　が、凜子は寒気を覚えた。

「清らかな水に魚は棲めませんよ」

　やんわりと反論してみる。

「清流に棲まう魚もいる。その論は、濁った水に生きる魚が自らの生の正当性を説くために語る詭弁だ」

「とすれば、やっぱり私は先生とは釣り合いませんね。私は、世間様からすれば、濁った水に棲まう魚ですから」

「それは違うよ」

　丹羽が笑顔を向ける。

「清らかかどうかは、人の心が決める。市井に生きるほとんどの人たちは、清らかな水の中で生きている。君のように、夜の街に生きている人でも、皆が皆、濁った水で生きているわけじゃない。かたや、社会的に認められた人でも、濁った水にどっぷりと浸かっている醜い者もいる。水の濁りを取れば、そうした者たちは生きられなくなる。そして、清らかな水に生きる者たちだけの世界となる。それはいいことだと思うけれど」

笑顔のまま、凜子に言葉を投げかける。

純朴を気取っているのか、本当に無垢なのか。少々測りかねる。

返す言葉を探していると、丹羽がカクテルを飲み干した。

「申し訳ない。つまらない話をしてしまって」

「いえ、興味深いお話です」

「普段は、こんな話はしないんだけど、僕が認めた人にはどうしても理想を語ってしまう。今の話が現実から遠いものだということは、僕も重々承知しているんだよ。ただ、政治家が理想を語らなくて、誰が語るのかと思うしね」

「私も同感です。理念理想は人それぞれですけど、それがなければ、ただの政治屋ですから。やはり、私は先生に期待します」

凜子はやんわりと微笑んだ。

「ですが、一つ気になることが……」

「なんですか?」

「とても崇高な理念理想だとは思うんですけど、政治の世界で支持されるのかどうか。一般には支持されると思いますが、あちらの世界はそれこそ、清濁併せ呑む人たちばかりのような……」

「それも心配ない。外から見ていると、政治家は腐った人たちばかりに見えるだろうけど、崇高な理念を抱いて、それを実現すべく奔走している人たちもたくさんいる。新人、ベテラン、関係なくね」

「新人議員さんはわかりますが、ベテランの方でもそういう方がいらっしゃるのですか？」

「ああ。誰とは言えないが、僕を政治の世界に導いてくれたのもベテランの先生だ。その人から、自分が果たせなかった夢を僕に託すと言われている。僕もその思いに応えたいと思っている」

「まだまだ日本も捨てたものではないということですね」

「もちろん。いずれまた、日は昇る」

語気が強い。

丹羽の言葉には、偏った思想の臭いがする。元々持っていたものなのか、誰かに吹き込まれたものなのかはわからない。

ただ、間違いなく言えるのは、この男を強力に支援している者がいるということだ。

その何者かは、丹羽にどういう役割を果たさせようとしているのか。

長年、情報班員として働いている凜子の勘が働く。

「素敵な方ですね、先生は。私、尊敬します」

「うれしいよ、君にそう言ってもらうと。リオンさん。僕と正式に交際を――」

「今は無理です」

「どうして？」

「今は、と申し上げました。私、ラウンジをやめます。そして、先生のお相手としてふさわしい場所で働いて、その上でもう一度、先生とのことを考えさせていただければと」

「そんな必要はない。僕が君を守る」

「先生が私を守ってくださっても、私が先生をお守りできません。それではこの先、先生をお支えすることができなくなります。もし、本当に、先生が必要としてくださるのでしたら、私も全力で先生のお力になれる女性でありたい。わがままなことを言って、すみません」

「いや、いやいや、本当に君は素晴らしい女性だ」

丹羽の瞳孔が開く。好意を増幅させている身体反応だ。

内心、ほくそ笑む。

凛子は笑顔を見せた後、ふいにため息をついた。

「どうしました？」

「偉そうなことを言いましたけど、どこで働けば、先生にふさわしい女性になれるのか。ちょっと思いつかなくて」

眉尻を下げて、潤んだ瞳を丹羽に向ける。

突き放した後に媚びる。これを繰り返すことで、男は次第に囚われる。

「紹介しようか？」

はたして、丹羽は食いついてきた。

「先生のご紹介となると、それはそれで嫌らしい話になります。私が先生のコネを使ったようで」

「わからないようにすればいいだろう？　僕に任せてくれないか？」

「ですが……」

「いや、僕に任せてもらいたい。君にふさわしい職場を用意する。そこでしばらく働いてから僕のところへ来てほしい」

「そんなにうまくいくでしょうか？」

「うまくいかせる。君のために。いや、僕のために」

昂ぶった丹羽が、凛子の左手を両手で包んだ。

凛子は少し握り返し、丹羽を見つめると、すぐにその手を振り払った。

「いけません、先生」

小声で言い、周りを見て、気にする素振りを見せる。

「ああ、すまない」

丹羽も手を離して、座り直した。

「わかりました。先生を信じます」

瞳を少し開いてみせる。

丹羽の口元に笑みがこぼれた。

「先生、一つお約束していただけませんか？」

「なんだい？」

「私が禊を終えるまで、こうしてお会いすることも、電話などでの連絡も一切断つこと。一度、接点をなくしてください」

「そこまでしなきゃいけないか？」

「はい。先生が本気であるなら、そうしてください。私がラウンジにいたこと、そこで先生と知り合ったことは、隠しようのない事実です。先生と交際を始めれば、マスコミが必ず嗅ぎつけて探るでしょう。ですが、私が自発的にお店をやめて、新しい、世間様が認めてくれるような職場で働いているところで偶然再会して、という形であれば、前職のことが判明してもかわすことはできます」

「考えてくれているんだね」

「もちろんです。日本の宝を……私の宝物を潰すわけにはいきませんから」

凛子は、この日最高の色香を含んだ視線を送った。

丹羽は目を大きく見開き、息を止めた。

完全に落ちた。

あとは、丹羽がどういうところを紹介してくれるか。

そこを糸口に、丹羽の背後を探っていけばいい。

3

伏木は、無料案内所のカーテン奥の控室に戻った。渕上の他、大宮と永井も揃っている。

「渕上さん、今日はダメですね。通りに猫一匹いない」

渕上の対面に座り、ペットボトルを取った。

「コロナももう終わりだってのに、しけてますねえ」

キャップを開け、お茶を飲む。

「みんな、さっさと帰っちまうからな」

大宮がため息をつく。その横で、永井があくびをしていた。

「今日は静かですねえ」

伏木もあくびをした。

と、渕上のスマートフォンが鳴った。

渕上が電話に出る。

「俺だ。ああ……わかった」

簡単に返事をして、電話を切る。

「大宮、永井。マリンでトラブルだ」

渕上が言うと、二人が立ち上がる。

伏木も立ち上がった。

「おまえはいい」

「渕上さん、退屈なんで、俺にも行かせてくれませんか？」

「おまえには関係ねえ」

「そんなこと言わないでください。こう見えても、夜の街を渡り歩いてるんで、それなりの腕はありますよ。試してみませんか？」

伏木が二の腕を叩いた。

渕上はじっと伏木を睨んだ。

「永井、おまえは残れ。大宮、香田を連れていけ」

「わかりました」

「香田。下手打ったら、おまえが沈むことになるからな」

「任せてください」

伏木は胸を叩いて、大宮と共に案内所を出た。

大宮が急ぎ足で路地を進む。伏木もついていく。

「おまえ、物好きだなあ」

大宮が言った。

「そうですか？」

「そうだよ。トラブル処理なんて、めんどくせえじゃねえか。まあ、たいがいの相手は酔っぱらったバカだからいいけどよ。たまに、腕っぷしのあるヤツもいる。怖くねえのか？」

「興奮します」

「性癖か？」

「かもしれませんね」

話していると、店のあるビルに到着した。

階段を駆け上がり、三階のフロアに出る。小さな店が五軒入っているフロアだ。その一番奥から、怒鳴り声が聞こえてきた。

「ふざけんなよ、こら！」

野太く、迫力のある声だ。

大宮が渋い顔をした。

「あー、めんどくせえのだ……」

「わかるんですか？」

「声の太さと張りでだいたいの体格はわかる。大柄で筋肉量のあるヤツだな」

大宮は言った。

伏木は内心、感心した。

伏木も相手の声色や声の張り方で、だいたい相手の体格は見極められる。声の主の体格は、大宮が言った通りだろう。

渕上とその下にいる大宮や永井がトラブル処理要員だという事実もうなずける。

二人して、ドア口まで歩いていく。

「おまえはここにいろ。もし、出てきたら、ぶん殴ってもいいから捕まえて、店内に引きずり戻せ」

「了解です」

伏木はドアの対面の壁に背を預け、腕を組んだ。

大宮だけが入っていく。

「お客さん、困りますよ」

大宮の声が聞こえてきた。

「困るも何もねえ！　なんだ、この値段は！　俺は一万と聞いて入ったのに、請求は十万だ。桁が違うだろう、桁が！」

　男性客は激高している。

　ぼったくりすぎだ……。伏木は苦笑した。

　せめて、五万にしておけば、男もここまで怒っていないだろう。桁が変わると、同じ値幅でぼったくっても、取られた感は違ってくる。

　乱暴な経営をしているなと感じる。

　大宮と男性客は、しばらく言い争いをしていたが、中から何かを破壊するような物音が聞こえてきた。

「始まったか」

　伏木はドアを見つめた。

　すぐに片付くかと思いきや、喧騒はなかなか収まらない。

　ひときわ大きな音がした。

「香田ぁ！」

　大宮の声が廊下にまで響いた。

　伏木は廊下の真ん中で仁王立ちした。

　男がドアを蹴破り、出てきた。

「おー、これはこれは」

予想より大柄の男だった。

背は、百九十センチ近い。両肩の筋肉はメロンのように盛り上がって丸く、胸板も厚い。太腿も太く、腰はぎゅっとくびれている。

男はぎろっと伏木を睨んだ。

「お客さん、精算はお済みですか？」

「ぼったくり料金など払えるか！」

「タダ飲みはいけませんねえ。払っていただけないなら、ここを通すことはできません」

「なんだと？　てめえもやられてえのか？」

てめえ〝も〟ということは、大宮はやられたということか。

伏木はにやりとした。

「後悔しますよ」

「どけ！」

男が拳を固めた。一歩踏み出して、太い腕を振るう。

大振りのフックだ。遅くはないが、伏木にはスローモーションに見えた。

ダッキングする。男の拳が伏木の頭上で空を切る。

伏木は右足を踏み込んで、男の懐に入った。腰をねじって、脇腹にアッパー気味のフックを叩き込む。

男が呻き、上半身を捩った。

「どんなに鍛えても、脇腹はつらいからねえ」

スッと下がり、距離を取る。

「ついでに、ここも鍛えようがない」

右前蹴りを金的に放った。

男は気づいたようだが、避けられない。伏木の爪先が男の股間にめり込んだ。

男はなんとも切ない呻き声を漏らして股間を押さえ、両膝を落とした。

「で、ここも一発で終わる」

伏木は右脚を上げたまま、膝を折った。そして、脚を入れ替えるようにして左脚を小さく振り上げた。

爪先が男の顎を跳ね上げた。

男の顔が縮んだ。そのまま後方に倒れる。背中と後頭部をしたたかに打ちつけた男は、口から血を流し、唸った。

大宮が飛び出してきた。

男が伸されているのを見て、目を丸くした。

「おまえがやったのか？」

「はい」

笑顔を向ける。大宮は口の端を切っていた。右頬にも赤い打ち身の痕がある。

「ふいに暴れやがったんで、いいのを食らっちまった」

そのまま男の肋(あばら)を蹴り上げた。男が仰け反って呻きを漏らす。

大宮は男の襟首をつかんで、店の中に引き入れた。伏木も一緒に入り、ドアを閉めた。

大宮は店長を呼んだ。

「こいつのカード抜いて、根こそぎ下ろしてこい」

「わかりました」

店長は、他の従業員と男をさらに奥へ連れていった。

伏木は男を見つめ、胸の内で手を合わせた。残念だが、腕自慢の大男は、これから悲惨な目に遭うのだろう。

「たいしたもんだな、香田」

「夜の街で働くには、腕っぷしも必要ですからね。キックボクシングを習っていました」

「そうなのか。なら、納得だな」

大宮が店の奥に視線を投げた。

「でも、この狭いところで不意打ちされたら、俺も一発食らってたかもしれません」

伏木は人がすれ違うのもきついほど狭いドア口付近を見回した。

「まあ、なんにしても助かった。戻ろうか」

大宮が伏木の二の腕を叩く。

伏木は首肯し、大宮と共に店を出た。

このエピソードは渕上にも伝わる。これでまた一歩、渕上の懐に食い込める。

伏木は大宮の後ろでにやりとした。

4

廃旅館に隠れ家を移した神馬と成尾、柏崎兄弟は、息をひそめながら朝を迎えていた。

成尾は疲れ切って、客室だった部屋にこもって寝ている。右腕たる愁斗は、弟の豪を護衛として客室扉の外に置いた。

少し離れた部屋で、神馬と愁斗は二人で過ごしていた。廃旅館と言っても、最近潰れたらしく室内はまだ荒廃していない。だが、電気は来ていないため、暖房も入らず朝の空気は冷たい。

神馬は刀の柄を肩に載せ、壁にもたれながら時々仮眠を取っている。

一方の愁斗は一睡(いっすい)もできていないようだ。

「少し寝たらどうだ？」

神馬は声をかけた。

「いや、俺は……」

言った愁斗の声は掠れていた。

「寝られる時に寝といたほうがいいぞ。いざって時に体が動かなくなる」

「黒波さんこそ、よく寝られますね。敵がそのへんまで近付いてきてるかもしれないってのに」

「完全に寝てるわけじゃねえし、感覚は研ぎ澄ませてる。妙な気配がすりゃあ、すぐ目が覚める」

「……場数の違いですか？」

「それはあるな。どこの組織でも寝首を掻こうとする連中ばっかだったからな」

神馬は薄く笑みを浮かべる。

愁斗は目を丸くし、顔を伏せた。

「すごいな……」

ぼそりとつぶやく。

「何がだ？」

「この状況で、そんな顔を見せられるなんて。悔しいけど、俺にはそんな余裕はないですよ」

「おまえ、そうやって生きてきたんだな」

「そう、とは？」

「いつも気を張って息抜きもしねえ。豪はまだのんびりしてるが、その分をおまえが背負ってきたんだろうよ」

「わかったふうなことを言わないでください」

「俺の感想だ、すまんな。まあしかし、ずっと張り詰めてちゃ、肝心な時にぷっつり切れちまう。一つだけアドバイスしてやるから、聞け」

神馬は愁斗を見つめた。

「こういう時は、ごちゃごちゃ考えるな。敵が現われりゃ殺す。敵が自分より強けりゃ死ぬ。それだけだ、簡単だろう。未来を見るな。先を見ちまうと命が惜しくなる。それが隙となる」

「あんたは……黒波さんは、将来を見てないってことですか？」

「ああ。目の前だけを見てる。それに対処できずに死んじまったら、未来はねえだろ？」

再び、笑う。

「やっぱ、すごいな。俺はそこまで割り切れない」

「やりたいことでもあるのか？」

神馬が訊く。

愁斗が顔を上げた。一瞬、口を開きかけたが、すぐ顔を伏せた。そして、またゆっくりと顔を起こした。

「俺は、フェイスレスをデカくしたいだけですよ」

無難ともいえる答えを口にした。

何かある。神馬は感じるが、それ以上は突っ込まなかった。

「夢を見てえなら、さっさとこんな組織は抜けちまえ。裏稼業に先はねえぞ」

神馬が立ち上がった。

「どこへ行くんです?」

「メシ買ってきたいんだが。近くにコンビニないか?」

「待ってください」

愁斗がスマートフォンを出して、検索する。

「ここから西に五百メートルほど行ったところにあるみたいですね」

「見せてくれ」

神馬はスマホを受け取り、地図を見た。

「自分の携帯はどうしたんですか?」

「電池切れだ」

苦笑する。

「電気が来てればいいんですが」

「メシを買いがてら、バッテリー探してくるよ。おまえらも簡単なものでいいだろ？」

「はい。……大丈夫ですか？」

「誰に言ってんだ」

　神馬は微笑む。

「もし、敵の気配がしたら、俺にはかまわずに、すぐヤサを変えろ」

「わかりました」

　愁斗がうなずく。

　神馬は右手を上げて部屋を出た。

　ひっかかってくれりゃあいいんだがなあ。

　神馬はスマホを部屋に隠していた。録音ボタンを押してある。

　自分がいなくなった間に、兄弟で話すか、誰かと通話すれば、少しは愁斗らの背後にいる何者かへの手掛かりがつかめるかもしれない。

5

　明け方、栗島はようやくデリヘル嬢の送迎を終え、事務所に戻ってきていた。

　女の子たちから受け取った金を数えてパソコン内の帳簿に入力し、金額を確認する。

栗島は席を立って、奥のデスクに座っている宇佐美のところに札束を持って行った。

「宇佐美さん、売り上げのチェック終わりました。確認お願いします」

デスクに置く。

宇佐美は札束を取ると、ぎょろりとした目をさらに大きくして、札を広げて数えだした。数字をメモしてから、無造作に札束を紙幣カウンターに突っ込む。

モニターに表示された合計金額と手元のメモを確認し、札束をトントンと天板に叩いてまとめる。

「ご苦労さん」

宇佐美は札束から一万円札を二枚抜いて、栗島に差し出した。

「ありがとうございます」

栗島が受け取る。

送迎の日当は二万円だった。今のご時世、割のいいアルバイトではあるが、勤務時間は夕方から明け方近くまでで、昼過ぎから半日以上働かされる時もあることを考えると、長く続けられる仕事ではないと感じる。

「瓜田君はきっちりしてるんで、助かるよ。他の連中は適当でどうしようもない。中には、ちょろまかそうとするバカもいるしね」

宇佐美はぶつぶつ言いながら、売上金を封筒に入れた。

「ちょろまかして逃げた人とかいるんですか？」

話の流れで訊く。

「逃げたヤツはいるが、逃げきったヤツはいない。うちはそんなに甘くないからね」

「捕まったんですか？」

「まあね」

「その人、どうなったんですか？」

「どうって、まあ、瓜田君が想像している通りのことだろうねえ。もっとひどいかも」

宇佐美は含みを持たせた。

デリヘル嬢たちからも、似たような話は聞いている。

売上金を過少申告して抜こうとした者、デリヘル嬢と個人的な関係を持った者、デリヘル嬢を他の店に紹介し、手数料を得ていた者など――。

そもそもドライバーのほとんどが借金を抱えている者たちだ。売り上げの金を前にして無茶をするヤツは出てくるだろう。

人は金に窮(きゅう)すると、先のことを考えられなくなる。

未来は日々の積み重ねの結果。もちろん、困窮者もそんなことは重々承知しているが、今日というその日をしのげなければ、明日もない。

その時を生きるだけで必死なのだ。だから、周りから見れば驚くような愚行に走る。

短絡的と非難されることもあるが、彼らにとってそれは、生きようともがいた結果に過ぎない。

考えなしに突っ走っているわけではなく、立ち止まって考える余裕もないだけ。

自業自得の者もいるが、自分ではどうしようもできない環境のせいでそうなった者もいる。

だが、いったん転がり始めると止められなくなる。奈落まで落ちると、そこから這い上がるのは容易ではない。

「まあ、瓜田君は大丈夫だと思うけど」

宇佐美が言う。

本音半分、釘刺し半分といったところか。

「宇佐美さんは、売り上げを持ち逃げしようと思ったことはないんですか？」

世間話のように会話を続ける。

「あるよ」

「えっ！」

「そりゃあ、札束を前にしたら、バカな考えも頭をよぎる。特に、借金がチャラになるほどの大金を見るとね。けど、我慢した。命が惜しかったからねえ」

宇佐美は淡々と話す。

「こうして働いていれば、とりあえずは食えるし、少しずつだが借金も減らせる。私もそうだが、ここにいるような連中に足りなかったのは、地道に生きようという心根だ。大きく稼いで一発逆転を狙えば、いずれ沼に沈んでいく。まぁ、もう少し若いころに気づいていれば、こうはならなかったんだがね」

宇佐美は自嘲した。

「ほんと、そうですね。沁みます、宇佐美さんの話」

栗島は深く首肯して見せた。

ちらっと宇佐美の顔を見る。宇佐美は満足げな笑みを滲ませている。

ある時、会話が苦手だった栗島は、伏木に、どうすれば他人を気持ちよくさせる会話ができるのかと訊ねたことがある。

伏木はこともなげに言った。

同調と称賛だ、と。

誰であれ、自分の意見に同意してくれる人や、自分を持ち上げてくれる人に対して、人間は好意を抱く。特に、世間から外れた場所で生きている者は、褒められることを欲している。一方でその言葉を疑いながら。

だから、相手の言葉にうなずいて、すごいと褒めれば、簡単に相手は転ぶ。

はたして、宇佐美の反応を見るに、伏木の言っていたことは間違っていないように感じる。

「君はまだ若い。大丈夫だ。この仕事はきついだろうが、まじめに勤めて早く借金を返して、一日も早く、お天道様の下に戻ることだ」

そう言うと、札束からもう一枚、一万円札を抜いて差し出した。

「ボーナスだよ」

「いや、いただけません！」

栗島は手のひらを振って、拒否した。

「いいんだよ。残業代を付けてもいいことになっている。超過四時間分で一万円。無駄遣いせず、借金返済の足しにしなさい。そして、早くこんな場所から抜けるんだ」

そう言い、さらに腕を伸ばす。

栗島は躊躇するように見せながら、両手で受け取って深く頭を下げた。

「だが、誰にでも出すわけじゃないから、内緒だぞ」

「わかりました。ありがたくいただきます」

ポケットに札をねじ込む。

「宇佐美さんは、借金、あとどのくらい残っているんですか？」

ぶしつけに訊いてみる。

「あ、すみません！　余計なこと訊いて」

すぐ、あたふたして見せる。

宇佐美は微笑んだ。

「私はもう借金はないんだよ」

「ほんとですか！」

目を丸くした。

「見栄（みえ）はって嘘をついてもしょうがない」

宇佐美が笑みを濃くする。

「じゃあ、なんでこの仕事を続けているんですか？」

「君は質問が多いな」

「あ、すみません……」

栗島は背を丸めた。

「まあいい。私は他に行くところがなくなったんだ。こう見えても、もう還暦（かんれき）だしね」

宇佐美が言う。

髪や無精髭に交（ま）じった白いもの、顔の皺を見る限り、年相応に感じられるが、栗島は驚いて見せた。

「六十ですか！」

「そうなんだよ。今から他の仕事を探したところで、たいした稼ぎにはならないだろうし、特にやりたいこともないし」

「夢はなかったんですか？」

「私は小説家になりたかったんだよ」

　宇佐美が言う。

　栗島は気になっていた。

　形は地味で少し小汚くも感じるが、話しぶりや所作に饐えた何かは感じない。ずっと裏社会で生きてきた者がまとう、独特の淀んだ空気がない。

　この仕事を始める前は、そこそこの企業に勤めていたのではないかと想像していた。

「小説家はすごいですね。何かの賞に応募したりしていたんですか？」

「書いてはちょこちょこ出してはいた。最終選考まで残ったこともあったんだけどね。結局、賞は獲れなかった」

「最終選考まで残るなんて、すごいです！」

「いやいや、せめて佳作は獲れないとあまり意味はない。何度も最終に残っているならまだしも、私は一回だけで、他は二次選考止まり。そのうち、いろいろあって、書かなくなった」

「今からでも遅くないんじゃないですか？」

「君は小説を書いたことはあるかな？」

「いえ。文章力も想像力もないし、文字を読むだけで精いっぱいなもんで」

「書くというのはね、ものすごいエネルギーを必要とするんだよ。頭もそうだけど、体力的にも大変なんだ。私にはもう、その気力も体力もない」

微笑む。

夢破れた者の微笑だろうか。覇気はない。

「ただ、私にも役割はあると思っている。ここで君のような若者を受け入れて、一人でも多くの者を陽の下に戻してあげたい。女の子も含めてね」

栗島を見つめる。

「ご期待に添えるよう、がんばります」

栗島は深く頭を下げた。

6

智恵理は、前日からチェックインしていた都内の高級ホテルのスイートルームのリビングをうろついていた。

ソファーの隙間や調度品の中、絵画の後ろ、観葉植物の鉢など、ありとあらゆる場所を隅々まで見て回る。

片桐を名乗って潜入した智恵理が秘書を務める、元衆議院議員の奥塚兼造が、もうすぐこの部屋へやって来る。今日の午後一時からこの場所で何者かと会合を行なうことになっていた。相手が誰かまでは知らされていなかった。

智恵理は奥塚から、徹底した部屋のチェックを命じられていた。盗聴や盗撮がされていないかを確かめろということだ。

奥塚は実に注意深い男だった。

私邸での会合でも、客が出入りする際には周囲の様子を確かめさせるし、電話で話している時、ちょっとしたノイズが入れば、すぐに通話を切り上げる。

前の人も苦労したろうな……と、会ったこともない前任者に思いを馳せることもしばしばだ。

また、そうしたチェックのすべては、秘密裏に行なわなければならない。

ゲストには、自分が疑っていることを知られたくないようだ。

しかし、奥塚の用心深さはすでによく知られている。人によっては奥塚を臆病だと取る向きもあるが、智恵理は少々恐ろしく感じていた。

今日のような会合は、時折行なわれている。そのたびに智恵理は盗聴器や盗撮用カメラを仕掛けたい衝動に駆られるが、奥塚であれば智恵理の知らないところで二重、三重にチェックを行なっていることも十分考えられた。

今はまだ、智恵理も慎重に動いている。

「大丈夫そうね」

智恵理はチェックを終え、スマホを出して奥塚に連絡を入れた。

「片桐です。お部屋の用意ができましたので、いつでもお越しください」

短く用件を伝え、電話を切る。

部屋を出て、ドアの前に立つ。しばらくして、廊下の先にあるエレベーターの到着を告げる音が聞こえた。静かに開いたドアから奥塚が姿を現わす。

奥塚は地下にある駐車場で待機していた。午後一時まではまだ一時間半以上ある。

智恵理は一礼して、奥塚を出迎えた。ドアを開けて奥塚の後に続く。

奥塚はドア口に立ち、部屋を見回した。そして、小さくうなずき、中へ入った。

リビング奥のソファーに歩み寄り、何かを確かめるようにゆっくり腰掛け、そのまま深くもたれて脚を組む。

智恵理は奥塚の脇に立った。

「本日、午後一時からの会合後、午後五時からは経済盟友（けいざいめいゆう）クラブの磯崎（いそざき）様との会合となっております。何時に、お車を回せばよろしいでしょうか？」

「そうだな。午後四時に待機させておいてくれ」

「承知しました」

「もう下がっていい」

「では、失礼します。私はエグゼクティブラウンジにおりますので、御用の際はいつでもお申し付けください」

智恵理は深く腰を折って、部屋を出た。

エレベーターに乗り込み、カードキーをかざす。エグゼクティブラウンジやスイートフロアには、特別なカードキーが必要だ。

ボタンが点灯し、三階下に降りる。ドアが開くと、右手にあるラウンジに向かう。カードキーをかざし、ドアを開ける。

入ってすぐにカウンターがある。一人だと告げると、航空会社のような制服に身を包んだ女性係員が奥へと案内した。

一般客室のラウンジと違い、広々とした空間の中では、かすかにＢＧＭが流れ、落ち着いた雰囲気の照明に包まれている。

壁際にはゆったりと間隔をとられたボックス席が並んでいる。中央付近に円形のテーブルが置かれ、ネイビーブルーのラウンジソファーがそれぞれに二脚ずつ用意されている。チェックアウトの時刻を過ぎているせいか、利用客はいない。

係員は智恵理を銅製のオブジェの近くにある席に案内した。

「ご利用ありがとうございます。お飲み物は何にいたしますか？」

「ホットコーヒーで」

「お砂糖とミルクはお使いになりますか？」

「いえ」

「かしこまりました」

係員は手を重ねて一礼し、カウンターへ戻った。

智恵理はバッグから本を出して、開いた。

奥塚のそばにいる時は、常に緊張を強いられている。少し、息抜きをするつもりでいた。

係員がコーヒーを持ってきた。イージーリスニングミュージックがうっすらと流れる静かな空間で、のんびりコーヒーを飲みながら本を読んでいると、眠気に襲われた。

息抜きとはいえ、完全に気を緩めるわけにはいかない。そう思いつつも、眠気はますます強くなる。

知らぬ間に疲れが溜まっていたのか……。

テーブルに読みかけの本を伏せ、少し目を閉じた。

体がソファーにめり込んでいくようだ。

係員が近づいてくるのがわかった。手に持ったブランケットを膝にかけてくれる。

智恵理はそのまま眠りに落ちた。

目が覚めたのは、ドアの開く音がした時だった。

ふっと上体を起こした。足下にブランケットが落ちる。それを拾って畳み、向かいのソファーに置いた。

係員が近づいてきた。

「お目覚めですか？」

「すみません。寝てしまって」

「いえ。お疲れのようでしたので。お茶かコーヒー、お持ちしましょうか？」

「ありがとうございます。では、コーヒーをもう一杯ください」

告げて、バッグからスマホを取り出した。

午後十二時半だった。一時間ほど寝ていたようだ。幸い、奥塚からの連絡は入っていなかった。

胸を撫で下ろす。

周りを見ると、ちらほらと席が埋まっていた。そんな中で寝ていた自分に、少し気恥ずかしさを覚え、頬が熱くなる。

テーブルに伏せた文庫本を取った。と、はらりと紙が落ちた。

しおりを落としたかな。

拾う。メモだった。なにげなく、書いてある文字を読む。

〈お疲れのようね、チェリー〉

「えっ」

顔を上げ、ラウンジを見回す。

正面の席に艶（あで）やかな栗色の髪の女性が座っている。そのシルエットは……。

メモには電話番号も記されている。

智恵理はその番号を入力し、メッセージを送った。

〈ひょっとして、リヴ?〉

前の女性に目を向ける。頭が前に揺れた。

係員がコーヒーを持ってきた。智恵理はメモとスマホをポケットに入れ、本を手にした。

「どうぞ」

「ありがとうございます」

笑顔で返し、コーヒーを一口啜る。

係員がテーブルから離れると、スマホが震えた。ポケットから出して画面を見る。

〈びっくりね。こんなところで会うなんて〉

返信が来る。

智恵理は本を広げて太腿に置いたまま、返信した。

〈何してるの？〉

智恵理が訊く。

〈都議の先生の同行。あなたは？〉

凜子が訊いてきた。

〈私は今、元衆議院議員の奥塚兼造の秘書をしているの。奥塚がここで会合をするので、終わるまで待機中〉

〈その会合、何時から？〉

〈午後一時から。まもなくよ〉

〈だったら、その相手は都議会議員の丹羽幸太郎かもしれないわね〉

凜子の返信を見て、目を見開く。

〈丹羽都議って、今度の国政選挙で台風の目になるかもしれないって、あの若手の？〉

メッセージを送ると、凜子が正面の席でうなずいた。

〈どういうこと？〉

智恵理が送る。

〈奥塚の秘書になったのは、ツーフェイスの依頼じゃなかった？〉

凜子が訊く。

〈そう。リヴが丹羽都議に近づいているのも、ツーフェイスから？〉

前の席を見る。凜子がうなずいた。

〈情報を共有したいわね〉

凜子からメッセージが届く。

〈日時と場所を合わせて、どこかで。私からまた連絡を入れる〉

凜子はうなずくと、テーブルにスマホを置いた。

智恵理は、凜子とやり取りしていたのがバレないよう、しばらく操作を続け、素知らぬ顔でスマホをバッグにしまった。

7

系列店でのいざこざを処理した翌日の夕方、伏木はいつものように、フェイスレス系列の無料案内所に出勤した。

「あら？」

シャッターが上がっていた。

普段は、一番下っ端の伏木、つまり香田が最初に来てシャッターを開け、掃除をしながら先輩である大宮や永井、上役の渕上を待つのが通例だ。

だが、まだ看板の明かりは点いていない。

「おはようございまーす」

カーテンを潜り、中へ入る。

奥の控室へ入ると、渕上がいた。

「あ、おはようございます！　遅くなってすみません！」

あわてて、右端のロッカーから掃除道具を出そうとする。

「香田、ちょっと座れ」

渕上が伏木を睨む。

伏木はおどおどしながら、対面の席に腰を下ろした。

「おまえ、昨日、マリンで暴れた男を伸したらしいな」

眼からは圧力が感じられた。

まずかったか……。思いつつも、話を合わせていく。

「すみません。止めなきゃならないと思って、ついやっちまいました。やりすぎましたか？」

「いや、かまわねえ。大宮から聞いたが、たいした腕じゃねえか。キックやってたんだって？」

渕上の声のトーンが変わった。責めるような感じはなくなった。

「いやあ、たまたま、相手がデカいだけの素人だったからよかったんですよ」

「たまたまで、ガタイのいいやつは倒せねえ。ちょっと見せてみろ」

「見せろとは？」

「俺が受けてやるから、おまえの技を見せろ」

「渕上さん相手ですか！　それは……」

「心配するな。殺しゃしねえ。ただし、気を抜くな。思わず出ちまった手で、おまえをやっちまうかもしれねえからな」

渕上は立ち上がった。

店に出て、広い場所で構える。

「ほら、来いよ」

渕上が言う。

制裁を加えたいのか、本当にただの腕試しなのか、読めない。

ただ、逃げ道はないようだ。

仕方ない……。

伏木は控室を出た。渕上と対峙する。

渕上は左腕を前に出し、右の拳を頬の横に合わせ、上腕を立てた。

なるほど、空手か。

構えでそう判断する。空手にもいろいろあるが、拳を見ると、両人差し指と中指の根本の関節部分が潰れて肉が盛り上がっている。一撃必殺の拳や蹴りを遣う直接打撃の流派のようだ。

空手とキックボクシングを比較した場合、腰を入れて一撃を打ち込む空手より、遠近どちらからも攻められ、スピードとパワーを併せ持つキックの方が有利ではある。防御技術もより進化している。

が、それは、拮抗(きっこう)した力を持つ者がぶつかった場合の話。力の差があれば、キックの優位性も崩れるし、逆に空手の一撃必殺の打撃も洗練されたカウンターの餌食(えじき)にしかなり得ない。

相手の力量は、対峙すればわかる。

渕上は強い。

大きく構えているように見えて、きれいな半身を切っていて、立ち姿が一本の線のように見える。

それだけ、打ち込む隙が見当たらないということだ。

伏木は上腕をハの字に立て、拳に額を付け、背を丸めた。腕の隙から相手を見据え、右に動いてみる。

渕上は半身のまま、スッと動いて正対する。一本の線が崩れない。

伏木が様子を窺(うかが)っていると、急に迫ってくる何かを感じた。

それに触れたか、左頬の肌がわずかに強ばった。

来る！

左腕を立て、身体も右に流す。

左腕を重い衝撃が襲う。

渕上が右の上段回し蹴りを放っていた。左腕で蹴りを受けた瞬間、脱力して力を逃がしたおかげで骨は折れなかった。だが、腕に強烈な痺れが残った。

こりゃ、すごい。

伏木は感心した。あと何発かで、腕が死ぬ。

相手を攻める時、格闘技の熟練者でも体が開いたり、揺れたりして、半身が多少崩れる。要は攻撃の予兆が感じられる。

が、渕上にそれはなかった。

半身の構えのまま、身体の線をまったく崩さず、まるで空気のようにするすると迫ってきた。

それを感じ取れなければ、何もわからぬ間に間合いを詰められ、蹴りを受けて地面に倒れ込んでいただろう。

ここまで見事な動きを見せる者は少ない。

どう攻めるか……。

いや、守れるのか……。

暗殺部で学んだあらゆる体術を駆使すれば、あるいは渕上を倒せるかもしれないが、伏木演じる香田は、あくまでもキックボクシングをかじっていたという体になっている。

他の技を使えば、あらぬ疑念を抱かせてしまう。

考えていると、渕上はふっと構えを解いた。

「もう、いいぞ」

渕上が笑みを覗かせた。

伏木はふうっと大きく息をついて、両肩を落とした。

「……勘弁してくださいよ」

「おまえの実力はわかった。たいしたもんだ」

「そうですか？　俺は殺されそうでひやひやしてましたよ。腕が死にました」

未だ強烈な痺れを残す左腕を大げさにさする。

「いや、あれを避けられるヤツはそういない。俺が間合いを詰めたの、よくわかったな。右上段の蹴りが来ることも」

「なんとなく、そんな感じがしたので動いてみただけです。勘が当たって、よかったですよ、ほんとに」

「おまえ、キックで相当いいところまで行っただろう？」

「いえ、プロのリングには立ってないんですよ」

「プロじゃねえのか？」

「はい。プロテスト受ける前に、ちょっとやらかしちまいまして……」

適当に答えて苦笑して見せる。

「そりゃあ、相手がかわいそうだな」

渕上は声を出して笑い、近づいてきた。肩に腕を回し、引き寄せる。

そして、顔を寄せた。

「今、腕のいいのを集めてんだ。おまえ、俺の仲間にならねえか？」

太い声で言う。

「仲間とは、どういうことでしょうか？」

「細かい話は、上に会ってからだ。会ってみる気はねえか？」

「本社の幹部に会えってことですか？」

「まあ、そんなところだ。どうだ？」

「俺なんかで大丈夫ですか？」

伏木が遠慮がちに訊く。

「俺が認めた。それでかまわねえだろ」

下から睨まれる。

「わかりました。会います」

「よし、行くぞ」

肩を叩いて、離れる。

「今からですか？　仕事は？」

「大宮たちに任せときゃいい。行くぞ」

渕上は店を出た。

伏木は腹の中でほくそ笑み、渕上の後を追った。

第三章　壊乱創造

1

神馬はコンビニでゆっくりと買い物をして隠れ家の廃旅館に戻ってきた。

道中にも周辺にも、島内組の影はなかった。まだ、神馬や共にいるフェイスレスのリーダー、成尾たちの動きはつかめていないようだ。

柏崎愁斗が待つ部屋へ戻る。そこには成尾と、愁斗の弟の豪もいた。

「おー、おまえらもいたのか。メシ、買ってきたぞ」

神馬は部屋の奥、窓近くのテーブルに歩いて、両手に提げたレジ袋を置いた。

中身を取り出していく。その時、サンドイッチをわざと落とした。

「おっと」

屈んで、サンドイッチを拾う。

ゆっくり立ち上がりながら、テーブル裏に手を伸ばす。テープで貼りつけておいたスマホを外すためだ。立ち上がって他の食料を出すふりをして、着ていたライダースのポケットにスマホを入れる。

菓子パンやサンドイッチ、飲み物のペットボトルがテーブルの上に並んだ。

神馬はサンドイッチとコーヒーのペットボトルを取り、外に出る前に自分が座っていた場所に戻って、壁に背を預けた。

「豪、みんなに配ってやれ」

神馬が言う。

豪は立ち上がって、食料を分けはじめた。

神馬は乱暴に袋を破って、サンドイッチにかぶりついた。

「黒波さん、島内の連中はいなかったですか？」

豪が訊く。

「気配もねえ。さすがにここは気づいていないみたいだな」

話しながらペットボトルのキャップを開け、喉を鳴らしてコーヒーを流し込む。

「バッテリー、見つかりましたか？」

愁斗が訊いた。

「バッテリーってなんだ？」

成尾が愁斗を見る。

「スマホの電池が切れたんですよ、黒波さんの」

「あったよ」

神馬は端をつまんで、バッテリーとコードをポケットから出した。

「気をつけて使えば二、三日はもつだろ」

言いつつ、ポケットに戻す。

愁斗は疑念の眼差(まなざ)しを向けているが、神馬は素知らぬ顔で食事を続けた。

「ほら、おまえらもさっさと食え。非常時のメシは三分以内が基本だ」

愁斗を見て、促す。

「兄貴、ほら」

豪が菓子パンを放って渡す。

愁斗はパンを受け取ると、包みを開いた。

神馬はさっさと食べ終え、立ち上がる。

「どこに？」

愁斗が訊く。

「便所だよ。メシ食って一服したら、今後のことを話し合おう」

そう言い、部屋を出る。

廃旅館の水道は止まっている。中庭の井戸に手押しポンプがあった。飲み水にはならないだろうが、排泄物を流すのには使える。

途中で錆びたバケツを拾い、ポンプまで行く。バケツを置いてハンドルを上下させる。水が出てきた。

バケツに水を溜めてから、それを片手に屋内のトイレへ向かう。

トイレの個室に入ったところで、録音に使ったスマホを取り出し、アプリを起動させる。録音されているかどうかを確認する。早送りしてみると、音声のレベルメーターに反応があった。

音声データをテキスト変換して画面に表示させる。

メーターが振れたあたりから流してみる。

〈もしもし、柏崎です〉

愁斗だろう。電話をしているようだ。

〈成尾にはまだ手を出さない予定じゃなかったんですか？　はい……島内さんがですか。それは困りましたね〉

最近のスマホとアプリは本当によく出来ていて、音声をちゃんと拾って文字起こしまでしてくれる。

「島内？」

神馬の目つきが鋭（するど）くなる。

「愁斗の野郎、反目（ハンメ）と通じてんのか？」

疑問を呟（つぶや）く。

成尾にはまだ手を出さない予定――。倉庫の襲撃でも殺す気はなかったということか？

次々と疑問が湧き出る。

〈今ですか？　別荘から東に二キロほど行った廃旅館にいます〉

愁斗は居場所を誰かに教えている。

〝別荘〟だけで通じていることから考えると、電話の相手は、柏崎兄弟しか知らないはずのあの別荘を知っている者だろう。

〈はい。一緒です〉

愁斗がそう答えている。

おそらく自分のことだろうと、神馬は察する。

〈はい、わかりました。そうします〉

そこからしばらくは何も音声は拾っていないようだ。

神馬は先に進めてみた。また、レベルメーターが動いた。

止めて、再生する。

〈黒波はどこだ？〉

口の利き方からすると、成尾だろう。

〈食事を買いに出かけています〉

〈一人でか？〉

〈はい〉

〈なぜ、一人で行かせた？　誰かと連絡を取っていたらどうすんだ？〉

なるほど、成尾は俺を疑っているのか、と神馬は思った。

〈黒波さんは大丈夫ですよ。裏切ったりはしません〉

おそらく、これは豪だろう。どうやら、弟の方の信頼は本当に勝ち得ているようだ。

〈わかるもんか。しょせん、あいつは野良犬みてえなもんだからよ〉

成尾が裏ではぞんざいな口を利いていることがわかる。

〈成尾さんがどう思っているかは知りませんが、今は黒波さんがいないと、島内の連中にやられてしまいます。それに、黒波さんは成尾さんの先輩で一岡連合の南部さんからの紹介でしょう？　一岡とは連絡を取っていたとしても、島内に通じているとは思えません〉

愁斗だろう。理屈の通った分析だ。

〈南部もあまり信じられねえ。昔からゲスだったしな〉

成尾は言いたい放題だ。文字面だけ見ていても、だんだん腹が立ってくる。

愁斗のような切れ者が、よくこんなのに従ってるな……。

ますます、愁斗の背後が気になる。

微かにトイレのドアが開く音がした。

神馬はスマホの電源を落とす。バケツの中の水を便器に流し込んでから、ゆっくりと個室の扉を開けた。

「黒波さん、いたんですか？」

小便器で用を足していたのは愁斗だった。

「物音立てずに入ってくるのは、監視されてるようで気に入らねえなぁ」

神馬は愁斗を睨む。

「そんなつもりじゃないですよ」

愁斗は慌てたように言う。

「成尾は？」

「メシ食って、部屋に戻りました。眠いとかで。豪に付き添わせています」

「のんきなもんだな」

神馬が鼻で笑う。

「黒波さん、少し話があるんですが。いいですか？」

「なんだ？」

愁斗は、神馬の正面に立った。

「ちょっと会ってもらいたい人がいるんですが」

「誰だ？」

見据える。

「俺の本当の上です」

決意を固めたような眼差しを向けてくる。

「成尾がおまえの本当の頭(アタマ)じゃねえことはわかっていたが、なぜ、そいつがおれに会うんだ？」

「それは、上に会ってから訊いてもらえませんか」

「嵌(は)めるつもりじゃねえだろうな」

神馬の凄(すご)みが増す。

「信じてもらうしかありません」

愁斗はまっすぐ神馬を見返した。

「……いいだろう。だが、刀は持たせてもらう。もし、妙な真似しやがったら、その場で全員皆殺しだ」

「それで結構です」

愁斗は首肯(しゅこう)した。

「いつだ？」

「今晩。下の者から連絡が来ることになっていますので、それを受けて出かけるという形でお願いします」

「わかった」

「それまで、休んでおいてください」

愁斗は一礼して、一足先にトイレから出ていった。

録音データにあった〝そうします〟というのは、おれを上に引き合わせるという話だったのか。

神馬はゆっくりと廊下を歩いた。

2

伏木が渕上に連れてこられたのは、吉祥寺の駅近くにあるビルだった。

渕上が階段を上がる。伏木は黙ってついていった。

渕上は四階の一室の前で立ち止まり、インターホンを鳴らした。

──どなたですか？

中高年の男の声色(こわいろ)だった。

「渕上です」

言うと、やや間があって、ドアのロックが解除された。ゆっくりとドアが開く。朴訥(ぼくとつ)とした冴えない印象の中年男が顔を出した。

「どうぞ」

中年男が促す。

渕上が入る。伏木が続いた。

廊下を進むと、ほんのり甘い化粧の匂いが漂ってくる。伏木はその匂いの出所だろうドアに目を向けた。

連れてこられたのは、どうやら、デリバリーヘルスの控室兼オフィスのようだった。

そのまま突き当たりまで行き、右手の部屋に入る。

古臭いスチール机が一つ。その後ろに小さなスチール棚があり、ホルダーがいくつか立てられている。

机の上にはノートパソコンが二台あり、壁際には手提げ金庫が置かれていた。

中年男は奥の椅子に座った。渕上と伏木が立てかけられたパイプ椅子を開いて、対面に座る。

「急にお邪魔して、すみません」

渕上が頭を下げる。

「今日は案外ヒマですから、大丈夫ですよ」

中年男が微笑むと目尻に皺が深く刻まれる。

温厚そうな男だった。話しぶりも穏やかで嫌味がない。裏社会で生きてきた者のような下卑た感じがない。

「香田。こちら、宇佐美尊さんだ」

渕上が丁寧に紹介をする。

「香田晋一です」

伏木は頭を深く下げた。

「宇佐美です。よろしく」

微笑んだまま返してくる。

「宇佐美さん。香田は二カ月前にうちに入ってきたヤツなんですが、なかなかの腕を持ってまして。こっちに入れたいと思って連れてきたんですよ」

渕上の〝こっち〟というのは、フェイスレス本体のことか。

「渕上さんが認めたのなら、大丈夫だとは思いますが」

宇佐美は伏木に顔を向けた。

「身元は確かですか？」

笑顔のまま伏木を見据える。

瞬間、伏木の背筋がぞくっとした。

このおっさん……。

地味で冴えない温厚な中年男にしか見えなかったが、一瞬放った眼光は、どこか薄気味悪い圧を感じさせた。

「身元はうちで確かめています。問題ないと思いますが」

渕上が言った。

伏木は無料案内所に入る時、香田晋一名義の履歴書と保険証のコピーを提出している。もちろん偽物だが、お役所が作っているので、プロだとしても判別がつくはずはない。辿った先の情報もカバーしてある。

唐突に、スマホが鳴った。伏木は少しびくっとした。

「ちょっと失礼しますよ」

宇佐美がジャケットの内ポケットから自分のスマホを取り出した。

「宇佐美です。ああ、カレンさん、お疲れさまです。どうしました？　はい……おや、それはいけませんね。すぐ、うちの者を向かわせます」

宇佐美が電話を切った。

「香田さん」

伏木を見やる。

「はい、なんでしょう？」

「ちょっと、うちの従業員が厄介ごとに巻き込まれているようなんです。さっそくですが、処理をお願いできますか？」

「もちろんです」

伏木は立ち上がった。

渕上も立とうとすると、宇佐美が目で制した。

「宮本小路公園です。場所はわかりますか？」

「これで」

伏木は自分のスマホを出した。マップアプリを起動し、宮本小路公園と入力して検索する。吉祥寺駅から北東に十分ほど歩いた住宅地の中にある公園だった。

「ここですか？」

画面を見せる。宇佐美がうなずく。

「そこに、うちのドライバーとデリヘル嬢がいます。五人ほどの男に囲まれているそうです。助けてあげてください」

「わかりました」

「男たちには、二度とうちの女の子にちょっかいを出さないよう伝えてください。君の腕で」

宇佐美がまた、ぞくりとする眼光を放つ。

感情が消された、ひんやりとした目つきだった。

つまり、徹底的に痛めつけろということか。

場合によっては殺してもかまわないというメッセージも含んでいる気さえする。

「よろしくお願いしますよ」

「任せてください」

伏木は強く首肯し、事務所を出た。

3

栗島は吉祥寺の杜宮本小路公園にいた。

住宅街に囲まれた小ぢんまりとした公園だが、木々は生い茂り、ちょっとした広場もある。

日中は近隣の子供たちや若者たちが集まるのどかな場所だが、日も暮れかける時間帯には人もいなくなる。

その広場の真ん中で、栗島は男五人に囲まれていた。栗島の脇にはカレンがいて、ぴたりと寄り添っている。

栗島が早出だったカレンを迎えに行き、吉祥寺駅前で降ろして、いつものように事務所へ戻ろうとした時だった。

カレンから電話がかかってきた。

以前からカレンに付きまとっていた元カレに追われ、公園に逃げ込んだと。

栗島はカレンのスマホの位置情報を追って、宮本小路公園にいることを突き止め、すぐに駆け付けた。

車は、公園脇の路上に停めてある。カレンを救い出したらすぐ車に乗せ、逃げるつもりだった。

が、男は四人の仲間と共にカレンを囲んでいた。

羽交い締め（はがいじめ）にして、他の男に足を抱えさせ、そのまま連れ去ろうとしたところに、栗島が飛び込んだ。

男を突き飛ばし、カレンが連れ去られるのは阻止できたが、たちまち囲まれてしまった。

栗島も近接格闘の心得はある。が、カレンが見ている前で、あまり派手に立ち回ることもできない。

といって、何もしなければ、カレンを連れ去られる。

カレンに事務所に電話を入れさせた。あとは、助けが来るまで、カレンを守ればいい。

「おまえ、誰だよ？」

元カレが栗島を睨む。

シュンという男らしい。大柄の坊主頭で、筋骨隆々だ。

カレンから以前聞いた話では、半グレに片足を突っ込んでいたような男で、カレンがキャバクラにいた頃に知り合い、付き合っていたそうだ。

初めは羽振りもよく豪快で頼もしい男に思えたが、実際は、女に暴力を振るい、風俗で働かせて金を搾取する最低の男だったという。

カレンはわずか一カ月でシュンに別れを切り出し、離れたが、それがシュンのプライドを傷つけたようだった。

シュンはしつこくカレンに付きまとい、復縁を迫っていた。

カレンはシュンに住まいを見つけられるたびに引っ越し、時にはネットカフェを転々として逃げ回ったこともあった。

フェイスレス系列の風俗店に身を置いたのは、そうした事情もあった。

フェイスレスが半グレ集団だということは、夜の界隈では知られている。

カレンがフェイスレス系列店に身を置いたことで、シュンも初めのうちはおとなしくしていた。

しかし、それも長くは続かなかった。

カレンがいた店舗に顔を見せ、再び付きまとうようになり、シュンから逃れるために店舗のないデリバリーヘルスに鞍替えした。

しばらくは、シュンの目から逃れられていた。が、どこからかカレンの情報を得て、突き止められてしまった。

栗島はそうしたしつこい元カレがいるという話は聞いていた。なので、カレンを降ろす時、いつも気にはかけていたのだが。

「おまえは誰なんだと訊いてんだ」

苛立った様子で、栗島を見据える。

「僕は――」

「私の今カレよ！」

カレンは栗島の右腕に腕を回した。

栗島は驚いて、カレンを見やった。胸を栗島の腕に押し付ける。そこから動悸が伝わってくる。絡めた腕も震えていた。

栗島は深呼吸して、シュンを見上げた。

「そうだ。僕はカレンの彼氏だ。だから、手を出すな」

「おいおい、カレン。嘘はやめろ。こんなどんぐりみてえなヤツ、どこがいいんだよ？」

シュンが鼻で笑う。

「ウリちゃんは――」

「ウリちゃんだってよ！」

シュンが大声で笑う。他の男たちも大笑いした。

「笑わないで！」

カレンが叫んだ。

「ウリちゃんは優しくて、いつも話を聞いてくれて、いつでも私のことを想ってくれて。あんたみたいな筋肉バカの暴力男とは違うんだよ！」

「なんだと？」

シュンが気色ばむ。

「あんた、マジ、キモイんだよ！　二度と顔見せないで！　消えて！」

カレンが溜まった怒りをぶちまける。

シュンのこめかみがひくひくと動いている。取り囲んだ男たちの気配もピリピリしてきた。

まずいな……。

栗島は少し腰を落として身構えた。顔を左右に動かし、肩越しに背後も見やる。

右斜め後ろの男が、他の男たちより若干弱そうだ。そこを突破して逃げるしかないか。

栗島がカレンにそう伝えようと首を傾けた時、いきなりシュンが迫ってきた。

カレンが小さな悲鳴を上げて、栗島にしがみついた。動けなくなる。

シュンは右ストレートを放った。とっさに左腕を上げたが、避けられない。

栗島は顎を引いた。カレンの頭部をかばうように右側に顔を動かし、額でシュンの拳を受け止めた。

骨を打つ鈍い音が響く。カレンがますます栗島にしがみつく。

シュンが左フックを放った。右腕は動かせない。拳が頬にめり込む。

栗島は頭を振って、ダメージを受け流したが、口の中が切れた。勢い、口から血の塊が飛んだ。

栗島的には、たいしたダメージではない。しかし、その絵面は強烈に殴り飛ばされたアクションシーンのようだ。

「やめて！」

カレンが金切り声で叫ぶ。

「おまえの大事な彼氏がどうなるか、見てろ」

シュンは左右の腕を振り回した。

栗島は顔を振り、額で拳を受けたり、頬で受け流したりした。避ければ、シュンの拳はカレンに当たってしまう。今は、とにもかくにもカレンを守らなければならない。

腰の入っていないシュンの打撃は、体格のわりにたいしたことはない。

それでも、何発も受けていては、身がもたない。

左腕を立て、シュンの拳を払おうとする。その時、カレンが栗島の腕を引いた。怖くてしがみついただけなのだが、栗島の体勢が傾いた。

右フックがガードを擦り抜けた。拳が栗島の左顎先に食い込んだ。

いけない！

脳が揺れた。踏ん張っていた脚から力が抜け、体がぐらつく。

カレンが栗島を支えようとする。

シュンの拳がボディーにめり込んだ。

栗島は呻き、たまらず両膝を落とした。

「ウリちゃん！」

カレンも栗島と一緒にしゃがむ。

「こんな弱いヤツのどこがいいんだよ。おまえのアソコに突っ込めねえよう、玉を潰しといてやるよ」

シュンが右脚を後ろに振り上げた。

「やめてー！」

カレンが栗島の前に出ようとする。栗島は右腕でカレンを止めた。腰を引き、股間を奥に引っ込める。

しかし、力が入らない。

やられる――。

目を固くつぶった。

が、シュンの蹴りは飛んでこない。目を開く。シュンが目の前に倒れていた。

シュンの立っていた場所に、別の人影がある。栗島は下から人影を見上げた。

目が合う。

えっ。

互いに驚いたように目を丸くした。

そこにいたのは伏木だった。伏木も栗島を認めて驚いたようだったが、すぐに目を男たちに向けた。

「困りますねえ、うちの従業員に手を出されちゃ」

「あんた、誰？」

カレンが訊く。

「宇佐美さんの指示で駆け付けた香田です。今日からお世話になることになりまして。よろしくお願いします」

カレンに微笑みかけ、栗島を見て小さくうなずく。

「ここは俺に任せてください。お二人は事務所に」

「わかった。ウリちゃん、立って」

カレンが腕を引いて立たせる。

栗島はよろよろと立ち上がった。

「逃がさねえぞ、こら」

言って、シュンが上体を起こそうとする。伏木はその背中を踏みつけた。

シュンは息を詰め、地面に突っ伏した。

「こいつが元凶ですか？」

伏木が訊く。カレンはうなずいた。

「わかりました。さあ、二人とも早く」

伏木は栗島を見た。

「お願いします」

栗島は伏木に声をかけ、カレンと共にその場を離れた。

周りにいた男たちが栗島たちを追いかけようとする。

伏木は先頭を走って来た男の横っ腹に、前蹴りを放った。

前蹴りを喰らった男が真横に吹っ飛んでもんどり打って転がる。

他の男たちが脚を止めた。

「おまえらの相手は俺だ。まとめてかかってこい」

右手の人差し指を立て、くいくいと動かす。

「なめんなよ、こら！」

右側から男が殴りかかってきた。

伏木は右側に飛び、そのまま右ハイキックを放った。回り込むように弧(こ)を描いた右足が男の後頭部にめり込む。

男は前のめりになって、受け身もとれず地面にダイブする。

左にいた男が斜め後ろから腕を伸ばし、左肩をつかもうとした。

伏木は左肘(ひじ)を振った。顔面に肘が食い込む。上体が起き上がった男の鼻腔(びくう)から、血が噴き出す。男は顔面を両手で押さえ、よろけた。がら空きになった腹に、足刀(そくとう)蹴りを見舞う。男は呻いて、その場に両膝を落とした。

残った男がナイフを出した。正面から伏木の胸元を狙って突き出す。伏木は右脚を引いて半身になってかわし、男の右腕の外側を左手刀で叩き払った。

男の腕が流れ、上体が前のめりになる。

伏木は男の右腕に滑らせるように右の蹴りを下から突き上げた。脛が男の顎下を捉えた。

男の体が宙に浮いた。半回転し、胸元から地面に落ちる。男は息を詰め、呻いた。

あっという間に、五人の男が地面に転がっていた。

「弱いなあ、おまえら」

ナイフを拾い、栗島を殴っていた坊主頭の男に近づく。顔面を軽く蹴り上げる。

シュンは血をまき散らしながら、仰向け(あおむ)けになった。

伏木はシュンの腕に脚をからめて拘束し、胸元に座り込んだ。

シュンが顔をしかめた。

「上から言われてんだ。二度とうちの女の子や従業員に手を出さねえよう理解させてこいとな。さて、どうする？」

男の頰に切っ先を当てた。シュンの顔が強(こわ)ばる。

「俺もひどい真似はしたくねえんだよ。二度とうちの女の子に近づかねえと約束してくんないかなあ」

切っ先を滑らせる。頰の皮が切れ、血の玉が浮き出る。

「や、約束する」

シュンが言う。

伏木はじっとシュンを見下ろした。

「適当に答えてんな。おまえ、俺がこれ以上何もしねえと思ってないか？　ここでバラしてもいいんだぞ」

そう言うと、シュンの顔の右横の地面にナイフを何度も何度も突き刺しはじめた。

ざくざくという音がシュンの耳に響く。シュンの顔が蒼ざめてくる。

「マジで約束してくんねえかな。でないと、こいつをおまえの首に刺さなきゃいけなくなる」

伏木はナイフを持った右腕を大きく振り上げた。

シュンの目を見て、振り下ろす。

「約束する！　約束する！」

シュンが叫んだ。

ナイフはシュンの耳をかすめ、顔の左横地面に深く突き刺さった。

シュンの体が硬直した。

伏木がゆっくりと立ち上がる。シュンは失禁していた。

「吉祥寺にはもう来るな。街中で見かけたら、二度と動けなくなるまで追い込むからな。他の仲間にもそう言っとけ」

腹を踏みつけ、背を向けた。公園を後にする。

「まさかのポンだったなあ」

伏木はにやりとした。

栗島はカレンを車に乗せたが、運転できずにいた。まだ、多少視界が揺れている。運転するのは危ない。

　落ち着くまで待っていた。

「ウリちゃん、大丈夫？」

　カレンは助手席で心配そうに栗島を見つめていた。自分のハンカチで栗島の口元の血を拭ってくれる。

「大丈夫です」

　栗島が微笑む。

「ありがとう、守ってくれて」

「仕事ですから」

「仕事でもあんなふうに私を守ってくれる人なんていなかった。うれしかった」

　カレンは栗島の首に腕を巻いて抱きしめた。

　栗島は真っ赤になった。カレンは顔を起こして、栗島を見つめ、微笑んだ。

「ウリちゃん、かわいい」

「やめてください」

　栗島はそっとカレンを押し離した。

　カレンは助手席に深くもたれた。

「カレンさん、宇佐美さんに連絡を入れておいてくれませんか。僕もカレンさんも無事だから、落ち着いたらすぐ戻りますと」

「うん。でも、あの香田って人、大丈夫かしら。あまり強そうに見えなかったけど」

カレンが呟く。

「大丈夫じゃないですか？　男たちが追ってくる感じもないし」

栗島は返しつつ、強そうに見えないと言われたと知ったら伏木はどんな顔をするだろうと想像して、思わず笑みをこぼした。

4

夜になって、神馬は愁斗と共に隠れ家にしていた廃旅館を車で離れた。

成尾には、フェイスレス系列の風俗店の点検に加え、島内組の動向を探ると伝えてある。

成尾は神馬を訝ったが、愁斗がついていることもあり、自分の元から一時的に離れることを認めた。

出かける前、豪には、少しでも妙な気配を感じたら逃げるよう伝えておいた。

愁斗は、成尾や神馬が廃旅館にいることを誰かに伝えていた。神馬がいない隙に、成尾が狙われないとも限らない。

成尾がどうなろうと知ったことではないが、背後に潜む者の意図がつかめない中、事が進んでしまうのはうまくない。

車中では、愁斗も神馬も無言だった。

重苦しい空気のまま、車は都内に入った。高速道路を降り、山手通りを北へ向かっていく。

車は、目白の高級住宅街へ入っていった。

そして、その中でもひときわ大きな門を構える屋敷の前で停まった。

門の脇に取り付けられている監視カメラが動く。やや間があって、木製の門扉が自動的に開いた。

愁斗が車を中に入れる。玄関までのアプローチの両脇には、木々が植えられた庭がある。緩やかに右にカーブする上り勾配のアプローチを進むと、玄関が見えてきた。

まるで高級旅館のような大きな庇屋根がある。その下に女性が立っていた。

神馬は見るともなしに女性に目を向けた。一瞬、目を見開く。

なんで、あいつが——。

智恵理だった。

愁斗が車を玄関前に停める。助手席から黒刀を持った神馬が降り立つと、智恵理はかすかに目を見開いた。が、一瞬で表情を消す。

愁斗も運転席から降りてきた。

「お待ちしておりました。お車はこちらで回しておきますので、どうぞ」

智恵理が観音開きのドアを開け、中へと誘う。

愁斗は慣れた様子で入っていく。神馬も続いた。すれ違いざま、横目でちらりと智恵理を見るが、視線は交わらなかった。

そういうことか。

智恵理も同じ立場だと理解し、素知らぬ顔で玄関へ入った。

柔らかなスリッパに足を通し、智恵理に案内されるまま廊下を進む。エントランスの広さ、大理石の廊下、部屋数。所有者がかなりの大物であることはわかる。

右手に進み、智恵理が重厚なドアの前で立ち止まった。

ノックをし、声をかける。

「お客様がいらっしゃいました」

「入れ」

野太い声が聞こえる。

智恵理がドアを開けた。装飾が施された絨毯敷きの広々とした部屋だった。シャンデリアの下にテーブルと椅子のみが置かれている。壁際の絵画や調度品は少ないが、贅沢な空間だった。

大柄で白髪の老紳士が待っていた。笑みを浮かべているが、大きな目から放たれる圧は強めだ。

紳士が対面の椅子を手で指した。

「失礼します」

愁斗が神馬を目で促す。愁斗が先に座る。神馬は愁斗の左隣に座った。椅子の肘掛けに黒刀を立てかける。

智恵理が紳士の脇に歩み寄った。

「お飲み物はいかがいたしますか？」

「私はブランデーを。君たちは？」

紳士が愁斗と神馬を見る。

「私は運転しているのでコーヒーを」

愁斗が言う。紳士が神馬に顔を向ける。

「おれはそのブランデーで」

「いけるクチかな」

「かなり」

神馬が言うと、紳士は微笑んだ。

「ブランデーはボトルごと持ってきてくれ。グラスは二つ。氷は？」

紳士が神馬に訊いた。

「ストレートで」

「わかっているね。では、氷はいらない」

「かしこまりました」

智恵理は一礼すると、部屋を出た。

ドアが閉まる。

「わざわざ来てもらって申し訳ないね。私は奥塚だ。君は黒波君だね？」

「そうだ」

神馬は奥塚と名乗った男を睨んだ。

顔は知っていた。メディアでよく目にした顔だ。元衆議院議員ということは認識しているが、それ以上のことは知らない。

「君の話は、柏崎君から聞いている。君の戦闘力は素晴らしいね」

「わかるのかい、あんたに？」

挑発的な口ぶりで言う。

愁斗が顔を引きつらせ、神馬を見やった。

が、奥塚は微笑んだままだ。

「私もそこそこ、修羅場(しゅらば)を潜(くぐ)っているものでね。柏崎君の話だけでもたいしたものだと思っていたが、こうして本人を目の前にすると、ますますその確信が深まった。そのぞんざいな物言いも、こちらの力量を測るための手段。違うかな?」

少し目に力を込める。

なるほど、奥塚の言葉に嘘はなさそうだ。

神馬は奥塚に、場数を踏んだ者だけが持つ、特有の余裕を感じ取った。

「買い被りすぎだ。おれは口の利き方を知らねえだけだ」

「まあ、そういうことなら、それでいい。一つ訊かせてくれないか? なぜ、別荘を引き払って、廃旅館に移った?」

「あんたの別荘だったのか?」

「そうだが」

奥塚が答える。

こいつが愁斗の後ろ盾で間違いないな。

神馬は確信した。

「嫌な感じがしたからだ」

「それだけか?」

「悪いか? おれの勘はよく当たるんだ」

「廃旅館の方が安全というわけか?」

「周りに警護要員を置けるなら、別荘も悪くねえ。が、おれたちは四人。箱ごと爆破されりゃあ、しまいだ。かたや、廃旅館は広い。一発で建物が吹っ飛ぶことはねえだろうし、敵が来れば隠れる場所もありゃあ、逃げる時間も稼げる。人がいねえ時は、広い場所の方が有利だ」

「見事だ、黒波君。あとでわかったんだが、別荘には島内組の者が刺客を送り込んでいたようだ」

「先生が送り込んだのではなかったのですか？」

愁斗が目を丸くして訊く。

「私ではないと電話でも話しただろう。まだ、成尾には生かしておく価値があるからな」

奥塚は愁斗を見据えた。愁斗がうなだれる。

話していると、智恵理がキャスター付きワゴンで、コーヒーとブランデー、チーズを盛り合わせた小皿を運んできた。

愁斗の前にソーサーに載せたコーヒーカップを置き、淹れたてのコーヒーをサイフォンから注いだ。

それが終わると、手のひらサイズのグラスにブランデーを注いで、神馬と奥塚、それぞれの前に置き、テーブルの真ん中にチーズの小皿を置いた。

「片桐君、ボトルは置いていってくれ。今日はもういい」

「かしこまりました。では、失礼いたします」

智恵理は深々と腰を折り、ワゴンを置いて、部屋を出た。

「では」

奥塚がグラスを手に取る。神馬もグラスを持った。愁斗はコーヒーカップのハンドルに指をかけ、持ち上げた。

「新しい仲間に」

奥塚は神馬に顔を向けた。

愁斗が目の高さにカップを持ち上げて、コーヒーを啜る。

神馬はブランデーを飲み干した。そして、奥塚を睨む。

「仲間ってのはなんだ?」

ワゴンに手を伸ばし、ボトルを取って、グラスを再びブランデーで満たす。

「君を我々の仲間に迎えたい」

「だから、なんなんだって」

苛立った様子を見せ、ブランデーを呷る。

「黒波さん、落ち着いて」

愁斗が声をかける。

「おれは見えねえ話が嫌いなんだよ。腹ん中見せねえヤツは寝首掻くからよ。あんたが誰だろうと、おれにフカシ食らわせるヤツは殺っちまうぞ」

黒刀の鞘を握った。

「それが噂の黒刀か。見せてもらえないか？」

奥塚は微笑を崩さないまま、神馬に向けて言った。

神馬は立ち上がった。ゆっくりと鞘から刀身を抜いて、そのまま切っ先を奥塚の鼻先に突き付ける。

愁斗が息を呑み、顔を強ばらせる様が目の端に映る。

しかし、奥塚は身じろぎもせず、微笑んだままだった。

「美しい刀だね。この世に黒刀など存在するのかと思っていたが、なるほど、刀身を化学加工したというわけか」

奥塚が刀身の先にある神馬の顔を見上げる。

「目的は二つ。暗闇で敵に刀の軌道を読ませないことが一つ。もう一つは、血と脂を弾かせ、切れ味を落とさず、より多くの敵を斬る目的。刀身強化の目的もあるのかな？」

平然と語る。

こいつ――。

一見しただけで、神馬の漆一文字の特徴を言い当てた。日本刀に精通していて、なおかつ、自分でも扱えないと、ここまで的確に見定めることはできない。

神馬が思っている以上に、死線を潜ってきた者のようだった。

刀を引いて鞘に納める。

隣で愁斗が安堵の息を漏らすのがわかった。

神馬はブランデーのボトルを手に取り、グラスを満たして席に座った。

奥塚に目を向けた。先ほどまでの好戦的な眼光は引っ込んでいた。

それを見て、奥塚が小さくうなずく。

「で、仲間ってのは？」

落ち着いた口調で訊く。

「闇を一掃し、日本に新たなる夜明けをもたらそうという志を持つ者を集めている」

「闇を一掃するだと？　本気か？」

奥塚を見て、そのまま愁斗に顔を向けた。

愁斗は神馬をまっすぐ見返し、強く首肯した。

神馬は奥塚に目を戻した。

「しかし、愁斗は半グレ集団の幹部。おれは裏社会を渡り歩いてきた人間。どっぷり闇の住人なんだが」

「闇を祓うには、闇の力が必要。そこは抗えない」

「で、闇を祓った後、残った闇を潰して、終いってわけか？」

神馬がまた殺気立つ。

「いや、君たちには闇を補完してもらう。闇はどうしても存在するものだからね。だが、闇の在り方は変えられる」

「つまり、現勢力を一掃した後、あんたが闇の帝王になろうってわけか？」

「そのような下世話な話ではない。もっと大きく事を考えられんかね。闇は昔からあるものの、かつての闇は国単位、世界単位で物事を捉え、活動していた。しかし今はどうだ。目先の利益ばかりを取り合って、潰し合っているだけ。今がよければすべてよし。チンピラが溢れているだけだ」

「昔も今も、裏は私利私欲だけで動いているぞ。あんたらの若い頃の話は知らねえが、偉そうなことを口にしても、本質はたいして変わりゃあしねえ」

「君の言うことも一理ある。だからといって、このまま放置しておいていいわけではない。今のまま、小悪党がのさばって、闇を掻き回していれば、裏社会を強力な外国勢力に乗っ取られるだけでなく、表社会にも多大なる影響を及ぼす」

「だから、裏を統一したいというわけか？」

「統一というより、スクラップ&ビルドだね。裏社会をもう一つの警察権力のようにしたい。この国の行く末を護るためにね」

奥塚が神馬を正視した。

その両眼に嘘はなさそうに思える。だが、それだけに、そこいらのヤクザにない恐ろしさを覚える。

「国だなんだってのには、興味ねえが……」

神馬はふっと顔を伏せた。ゆっくりと視線だけを上げ、奥塚を見返す。

「話を聞いた以上、白黒つけなきゃ、無事に帰れそうにないな」

にやりとする。

「私はこう見えても、穏便に事を済ませたい性質なんだがね」

奥塚も笑みを返す。

神馬は黒刀を抜いた。

「黒波さん！」

愁斗があわてて、神馬の肩を握る。

「あわてんな」

神馬は肩を振って、愁斗の手を振り払った。

刃に親指を当て、少し切る。血玉が浮き上がる。それをブランデーに垂らし、刀を納める。琥珀(こはく)色の液体の中に、赤い血が漏斗雲(ろうとぐも)のように広がりながらゆっくりと沈んでいく。

神馬がグラスを手に取ると、その血が拡散した。

「ちょっと古いが、これなら受けてやる」

「私もそういうのは嫌いじゃないんだがね。痛いのは御免なので、血は勘弁してもらいたい」

奥塚がグラスを掲げる。互いのグラスを合わせて乾杯し、二人とも一気に飲み干した。グラスを逆さにして、テーブルに置く。

「何だったんですか？」

愁斗が訊く。奥塚が答えた。

「ちょっとした渡世の儀式だよ。元々はお互いの血を相手の盃に垂らし、それを飲む。様々な方法はあるのだが、親子、兄弟分の契りを交わす際に行なうものだ。そう取ってかまわんのだね、黒波君？」

「それでいいよ、兄貴」

「ほお、私が兄貴分か？　歳のせいかな？」

「歳は関係ねえ。あんたのグラスの方が、酒が多かっただろ。四分六だ」

「わきまえているあたり、ますます気に入った。よろしく頼むよ、黒波君」

「任せとけ」

神馬はボトルを取り、そのままブランデーを呷った。

急に空気が和み、愁斗はホッとした様子で頬を緩ませる一方、自分のあずかり知らぬところで事が進んでいき、戸惑いも覗かせていた。

「で、奥塚の兄貴。おれを呼んだってことは、そろそろ事をおっぱじめる気だろ？　手始めに何をするんだ？」

さらりと訊く。

「話が早くていいな。まず、一岡連合と島内組をぶつける」

「一岡と島内を？」

神馬は片眉を上げて、奥塚を見やった。

「そう。彼らをぶつけて、弱ったところをフェイスレスが叩く」

話して、愁斗を見る。愁斗がうなずく。

「彼らのシマを乗っ取り、フェイスレスの一大勢力地にして、半グレを集める。その後我々の仲間で、集めた半グレを一掃し、浄化する」

奥塚が淡々と語る。

「まあ、言ってることはわからなくもねえが。よそのヤクザが放っておかねえぞ。半グレのシマなんざ、本物にとっちゃ、ごちそうみてえなもんだ」

「心配ない。君たちの後ろ盾は美濃部一家だ」

「マジか……」

これには神馬も本気で驚き、目を丸くした。

「美濃部が主体で動いてんのか？」

「いや、彼らも我々の仲間だ。すべてを終えたあとは彼らは組を解散し、我々の連帯組織に参画する」

「それは、そのまま受け止められねえな。美濃部といやあ、武闘派を気取っているが、ずいぶん汚え真似もしてデカくなった組だ。兄貴、裏掻かれてんじゃねえの？」

「ちょっと、黒波さん……」

あけすけにモノを言う神馬に、愁斗はまた落ち着きを失っていた。

と、奥塚が声を立てて笑った。

「さすが、裏社会に精通しているだけはある。だが、心配は無用。我々と美濃部の利害は一致している。君も知っているだろう。今や、大小にかかわらず、暴力団を標榜して資金を得るのは厳しい。半グレや企業舎弟をうまく使って稼いでいるところもあるが、早晩、それらにも手が入る。将来の展望はない。彼らもできることなら、ヤクザ稼業から足を洗って生きる術を持ちたいのだよ」

「それなら納得だ。美濃部なら、その話には乗ってきそうだからな。なあ、兄貴。腕の立つ人間を集めたいのか？」

「君の目に適う者がいるのか？」

「島内におもしれえのがいる」

「黒波さんが仕留められなかったという、銃の使い手ですか？」

愁斗の問いかけに、神馬がうなずく。

「あいつは射撃の腕も確かなら、気配を消すのもうまい。相当のプロだ。こっちに引き込めば、千人力だろうな」

「なんという名だね？」

「名前は知らねえ。客人だと思うんだが」

「そうか。調べておこう」

「島内にも、こっちの仲間がいるのか？」

「島内だけじゃない。全国の暴力団の中に、我々の志に賛同する者がいる」

「なるほど、もうそこまで仕込んでいるということか。なら、そっちは兄貴に任せるよ。おれらはどうすりゃいい？」

「一岡と島内をぶつけて、適当なところで連絡を入れる。そこで一気に仲間を率いて、両方の組を潰してもらいたい。それまでは別荘に戻って、ゆっくりしていてくれ。護衛は付けておくから」

「ありがてえ。廃旅館は黴臭くてしょうがねえから。なあ、愁斗」

「そうですね」

愁斗がようやく笑みを覗かせた。

神馬は愁斗に笑みを返しながら、どうやってこの事実を菊沢やＤ１メンバーに伝えるかを思案した。

5

周藤は再び島内に呼ばれ、都下にある私邸を訪れていた。辻森の顔もあり、応接セットで島内と向き合っている。

「そりゃあ、間違いねえか？」

島内が辻森を見据える。

「まず、間違いありません」

辻森が首を縦に振る。

辻森は、フェイスレスの背後に一岡連合がいるという結論を持ってきた。また、一岡は関東広域連合内で立場を失いつつあるらしい。

「ジョーさんはどう思う？」

島内が訊いてきた。

先日、朝方まで飲みながら話したからか、島内はすっかり、周藤に気を許していた。

「辻森さんの調べなら、間違いないでしょう」

そう答える。

違うとは思うが、確証のないことを口にして、余計なトラブルを招くことは避けたい。

「よっしゃ」

島内が大きな手で太腿を叩いた。

「一岡のガキ、潰すぞ」

目力がこもる。殺気が噴き出し、部屋全体がぴりっとした。

「どうします？」

辻森が訊いた。

「どうもこうもねえ。一岡のシマに乗り込んで、片っ端から叩け」

島内は躊躇なく命ずる。

一見、むちゃくちゃに思えるが、さすがは武闘派だ。喧嘩のやり方をよく知っている。

暴力団への締め付けが厳しさを増す中、最近は、何か事が起こっても、小競り合いを二つ三つやって手打ちするというやり方がほとんどだ。

しかし、島内はかまわず攻めろという。

状況がどうあれ、相手の準備が整わないうちに奇襲を仕掛ければ、その時点で雌雄は決する。

「私はどうすれば？」

周藤が訊く。

「ジョーさんには、一岡の野郎の首を獲ってもらいてえ」

島内が周藤を鋭い目で見やった。

「うちが連中のシマを掻き回せば、ガードは手薄になる。そこを狙えば、簡単に始末できる。逃亡手段は手配するんで、やってくれねえか？」

「わかりました。受けましょう」

周藤は首肯した。

「頼りにしてるぜ。騒動が落ち着いたら、戻ってきてくれ。もてなしてえからよ」

「ぜひ」

周藤が微笑む。

「親父。いつ、攻め込みますか？」

辻森が訊く。

島内が睨んだ。

「寝ぼけたこと言ってんじゃねえ。やるとなったら、すぐに決まってんだろうが。といっても、今からじゃ調わねえだろうから、明日一日でカタをつけろ」

「わかりました」

辻森は首を縦に振った。周藤に顔を向ける。

「ジョーさん、部屋の荷物片づけといてください。あとで送ってもいいし、うちで用意する車に積んどいてくれてもいい。それで今日は寝ておいてください。喧嘩は明日の夜に始めます。動く前に、一岡の居所はつかんでおきますんで、その車で現場に行って、待機。仕事済ませたら、そのまま車で逃げて乗り捨てといてくれればいいですから。金も車に入れときます」

辻森の話に、周藤はうなずいた。

「親父は念のため、近場の温泉地にでも行っといてください。万が一もありますんで」

「俺は逃げねえ」

「いや、そうじゃなくて、サツに踏み込まれた場合の話ですよ。親父が別のところにいりゃあ、俺らが勝手にやったで通せるでしょう。頭を獲られなきゃ、何人ムショにぶち込まれようが、関係ねえですから。組のためと思って、呑んでください」

辻森が頭を下げる。

「……仕方ねえな。じゃあ、おまえに任せるから、きっちり潰してこい」

「わかりました。手配してきます」

辻森はそのまま立ち上がり、部屋から小走りで駆け出た。

周藤が立ち上がる。島内も立った。

「ジョーさん、短い間だったが、あんたはいい客人だった。最後に世話をかけるが、よろしく頼む」

島内が右手を出す。

「こちらこそ、過分なもてなし、ありがとうございました。きっちりと仕事はさせてもらいますので安心してください。世話になりました」

周藤も右手を出し、力強く握手をした。

6

奥塚との会合を終えた神馬は、愁斗の運転する車で廃旅館に戻っていた。

高速を流している時、神馬から愁斗に話しかけた。

「おまえがやりたいことってのは、奥塚と同じなのか？」

いきなり問われ、愁斗は返事に詰まる。

「闇の浄化、裏社会の破壊と再生。ほんとにできると思ってんのか？」

神馬は問いかけを続けた。

と、愁斗はまっすぐ前を見て、口を開いた。

「やらなきゃいけないんですよ」

「なぜだ？」

「未来を創るために」

愁斗の声が凜と響いた。

「どうしてそこまで、闇を憎む？」

「言わなきゃいけませんか？」

「別にかまわねえが、気になるだろうよ。おまえらがやろうとしていることは、とんでもねえことだぞ。よほどの覚悟がねえと、そんなことに手を付けようなんざ思わねえ」

「でしょうね。俺らの両親は、半グレに殺されたんですよ」

「殺された？」

「ええ。うちはそこそこ裕福な家でした。俺は私立中学に通っていたし、豪はスポーツが得意だったんで、そのままスポーツ推薦で別の私立中学に入る予定でした。けど、これからって時に、半グレが深夜、うちに押し入ってきたんです。父は俺たちを守ろうと抵抗しましたが、刺されて死にました。母は俺たちを逃がした後、家に戻ってやはり殺されました。盗まれたものがなんだか、わかりますか？」

「金か？」

「車一台です。家捜しした形跡はあったんですけど、何も見つけられず、車だけ奪って逃げたみたいです。しかも、売り先も考えず、金目の物ってだけで車を盗んだせいで、すぐ足がついて、犯人は逮捕されました。十七歳の男三人だったんです」

「そいつらが半グレのメンバーだったってわけか」

「はい。動機は遊ぶ金が欲しいから。連中の遊興費のために、両親は死に、俺たちは未来を奪われた。理不尽も極まれりという話ですよね」

愁斗は淡々と語る。それだけに、深い憤りを感じる。

「俺たちは、母方の祖父母の家に引き取られました。連中がお礼参りに来るかもしれないというので、苗字も変えました。それも、ただの逆恨みでしかないんですけどね」

「そんなおまえが、なんで半グレやってんだ？」

「両親を殺したグループを壊滅させるためです」

「それなら、サツになったほうがいいんじゃねえのか？」

「警察官になれば、殺せないでしょう？　あいつらに罪を償うなんて殊勝な気持ちはない。何年か務めて放免なんてのが許せるわけないでしょう」

愁斗の語り口は変わらないが、怒りがにじみ出てくるのは感じられる。

「そいつらは見つかったのか？」

「ええ。もう全員、ぶち殺しました。一人一人的にかけて、刻んでやりましたよ」

笑みを浮かべる。

「そこで終わりでよかったんじゃねえのか？」

「そのつもりでした。でも、俺が半グレ三人を殺したという話を聞きつけた美濃部さんが会いたいと言ってきたんです。俺は半分、どうでもよくなってたんで、ヤクザになるのも悪くないと思って会ってみたんですよ。てっきり勧誘されるのかと思ったら、俺にうってつけの話があると言われて」

「それで奥塚に引き合わされたのか？」

神馬の問いに、愁斗はうなずいた。

「話を聞いた時は、黒波さんと同じく、そんなことできるわけがないと思いましたけどね。それでも、ふらふらしているよりはよっぽど生きがいはある。なんせ、クソを一掃できるわけですから。本当に闇の再編と統一ができれば、少なくとも、俺たちのような思いをさせられる子供はいなくなる。賭けてみるのもいいかなと」

また愁斗の言葉に怒りが宿る。

思想だな……。

愁斗の語りを聞いて、神馬は思った。

そして、奥塚が組織しようとしている集団は、想像以上に厄介だと強く感じた。

「だから、死ぬのが怖えってわけか？」

「死ぬこと自体、怖いとは思っていないんですよ。俺も散々、いろんな連中をぶち殺したんで、死なんてのはあっけねえもんだなあと思ってます。けど、まだ、計画は始まったばかり。今死ぬのは悔いが残ります。せめて形にして、志を受け継ぐ人たちが動きやすくなるよう、地均しするまではがんばりたいですから」

「立派なもんだ。おれはそこまで高尚な気持ちは持てねえがよ。小賢しいチンピラが湧きすぎって話は同感だ。おまえらの掃除、手伝ってやるよ」

「ありがとうございます。本当に心強いです」

「たいした力はねえぞ。だがまあ、できるだけのことはする。おれを先に奥塚の別荘で降ろしてくれ」

「何をするんです?」

「奥塚の護衛がつくのは、明日以降になるだろう。今晩移るなら、周りをチェックしなきゃいけねえ。島内の連中に知られている場所だからな。確認して、大丈夫なら連絡を入れる。その後、Gと豪を連れてこい」

「わかりました」

愁斗が素直に返事をする。奥塚に引き合わせたことで、神馬への警戒がずいぶん解けたようだった。

「じゃあ、頼んだぞ」

神馬は、別荘の手前五十メートルほどのところで車を降りた。

ボディーを拳でコンコンと叩くと、愁斗は廃旅館に向けて車を出した。

カーブの先にテールランプが消えていく。あたりは暗闇に包まれた。

神馬は別荘前まで歩いた。夜目を利かせ、気配を探りつつ、勝手口から中へ入る。人の気配はなかった。

神経を研ぎ澄ませたまま、道路からも敷地内からも死角となる建物の陰にしゃがみ込み、スマホを取り出した。

手のひらを被せ、モニターの光が漏れないようにして、電源を入れる。

周藤に連絡を入れた。二コールで相手が出た。

——もしもし。

声を確認する。周藤本人だ。

「ファルコン、手短に話す」

神馬は言うと、奥塚から聞いたことを小声で口早に話した。

第四章　劫火輪舞

1

池袋駅といえば、首都東京屈指のターミナル駅だ。

東口方面のサンシャイン通り沿い、東京芸術劇場のある西口公園付近などには、様々なアミューズメント施設や大型商業施設、文化施設があり、昼夜問わず、多くの老若男女が行き交う。

その池袋の中で、西口の北方は、少し雰囲気の違う顔を持つ。

ソープランドやヘルス、ラブホテルが多くあり、他の場所とは一線を画すディープな歓楽街の匂いを醸していた。

暴力団一岡連合は、このあたりのヘルス店やデリバリーヘルスの多くを仕切っていた。

一岡連合のフロント企業が、文化通り沿いの古いビルの一室を事務所にしている。

組員はそこに詰め、デリヘル嬢や系列店の管理、トラブル処理などを行なっている。組員になって間もないケンジは、その日も事務所に詰めていた。モニターを見ながら、あくびをしている。

ここにいる配下のほとんどは準構成員だ。ケンジも一カ月前までは盃をもらわず、一岡連合のフロント企業〈池袋文化興産〉の従業員として、店舗の巡回やデリヘル嬢の送迎を担当していた。今はその任をはずれ、管理する側に回ったのだ。

暴対法の下、今は組の名前を出しただけで、本体にまで捜査が入る。形だけでも、一岡連合とは関係がないという体裁を整えておく必要がある。

ケンジも盃はもらったものの、立場は池袋文化興産の正社員という肩書だ。

トラブルを処理する際も、池袋文化興産の名前を出して、事を収める。

中には、池袋文化興産が組のフロント企業とは知らず調子に乗る客や、一岡連合関係と知っていて、わざとごねる客もいる。

多くの場合は、下手に出て納得してもらうが、どうにも収まらない客には牙を剝く。

準構成員時代と違うのは、その点だ。

アルバイトだった時は、最終処理は〝社員〟に任せていた。

何が行なわれていたのか、うっすらとはわかっていたが、実際、構成員となり、自分もその現場に立ち会うようになると、凄まじさに戦慄した。

殴る蹴るは当たり前。あられもない姿の写真を撮り、勤め先から家族構成、友人関係まで調べ上げ、もし警察に垂れ込んだら、本人だけでなく周りも潰すと脅す。

ついでに、迷惑料として、有り金をすべて吐き出させた後、仲間うちの闇金融から借金させ、そこでも追い込む。

脅した後は、毎日、二十四時間見張り、そいつのスマホに逐一メッセージを送る。

早ければ一週間、根性のありそうな者でも一カ月も続けていれば、疲弊して心が折れ、警察へ届け出ようとは考えなくなる。

一方、一度でも逆らった者は、それでは終わらない。

架空口座を作る手伝いをさせられたり、スマホ契約をさせられたり、アリバイ工作に利用されたり。利用価値がある間は、生殺しのまま、とことん使い倒される。

中には我慢できずに自ら死を選ぶ者もいるが、追い込んだ側はなんとも思わない。むしろ、死人に口なし。飛んでくれれば、殺す手間や片付ける面倒がはぶけるので、ありがたいとすら思っている構成員もいる。

一度食らいついたら、骨の髄までしゃぶり尽くす。

ケンジが見てきた半端者たちとは違い、本物は容赦がなかった。

だから、本物に心の底から畏怖を覚えると同時に、その本物になったのだという自負が、ケンジに饐えた迫力をまとわせていた。

スマホが鳴った。画面を見る。部下からだった。

「もしもし、なんだ？」

――へんな連中が店で暴れてます。すぐ来てください！

「わかった、すぐ行かせる」

ケンジはスマホを切ると、奥の部屋に声をかけた。

「おい、誰かいるか！」

すると、若い金髪坊主の男が出てきた。

「なんすか？」

リュウという名前の若者だ。準構成員だった。

「今、部屋に何人いる？」

「女ですか？」

「いや、処理要員だ」

「オレ入れて、五人待機してますけど」

「雅（みやび）でトラブルだ」

『雅』というのは、今電話がかかってきたヘルス店の名前だった。

「三人連れていけ」

「オレ一人で十分ですよ」

「あ？」

下から睨み上げる。

「俺が三人で行けと言ってんだ。のぼせんな」

「……わかりました」

リュウは少し仏頂面を覗かせたが、命令に従った。

部屋を出ようとする。

と、またスマホが鳴った。別の部下からだ。リュウが立ち止まる。ケンジは右手を上げ、待てと合図した。

電話に出るなり、部下が電話口で叫んだ。

——ケンジさん、ヤバいです！　へんなのが来て、店をぶっ壊してます！　すぐ応援を！

そう叫び、電話を切った。

「なんですか？」

リュウが訊く。

「扇でもトラブルだ。どうなってんだ……。二手に分かれて、雅と扇に——」

指示している時に、またスマホが鳴った。

舌打ちをして電話に出る。

――ケンジさん！　ケンジさ――。

言いかけたところで、爆発音とガラスが砕けるような音がして、電話が切れた。

不穏な空気に、リュウの顔も険(けわ)しくなる。

「どうなってんだ……。なんなんだ！」

ケンジはテーブルを叩いた。

「リュウ、とにかく、雅と扇に行って、他の店舗も見てこい。暴れてるヤツはぶち殺してかまわねえ。一人捕まえて、ここへ連れてこい」

命じる。

リュウは首肯し、他の者が待機する部屋へ戻った。すぐ複数の足音が玄関へ走っていく。

ドアの開く音がした。

瞬間、叫び声と怒号(どごう)が耳に飛び込んできた。

ケンジはびくっとして思わず肩を竦(すく)めた。

「なんだ……？」

怒号と共に争うような音も続いている。リュウや他の部下も怒鳴(どな)っているが、物音はどんどんこちらに迫ってきた。

「ふざけんな、こら！」

リュウの声が、ケンジのいる部屋のドア前で響いた。

人がぶつかったのかドアが揺れる。

ケンジは机の下に隠れた。スマホを握り、組の本部事務所に連絡を入れる。

一回、二回、三回……。コール音が空（むな）しく響く。

「早く出てくれ」

ケンジは祈るようにスマホを耳に押し当てていた。

その時、ドアがけたたましい音を立てて飛んだ。ケンジは思わずスマホを落とした。

喧騒（けんそう）が迫ってきて、机が揺らいだ。何かが天板から垂れてきた。

血だった。ケンジは声にならない悲鳴を上げた。下から机上に目を向ける。

金髪の坊主頭が机の端から覗いていた。リュウが机の上で仰向けになっていて、その頭部は下方へだらんと倒れ、瞳は虚（うつ）ろに宙を見ている。顔は血まみれだった。頭頂部からぽとぽとと血が垂れ、ケンジの足下に落ちる。

リュウは、ケンジの部下の中でも頭一つ抜ける強さを持った男だった。それが、見るも無残（むざん）にやられている。

リュウを仕留めた者たちが部屋へ入ってくる。一人、二人、三人。次々と入ってくる足を見つめ、ケンジは震えることもできず、凍りついたように固まった。

「手間取らせやがって」

男はリュウの腹を殴った。

リュウは少し呻きを漏らし、口から血を吐き出した。唾液を含んだ粘着質の血が、ケンジのズボンの裾にべとりとかかった。

思わず引いた足が床と擦れ、かすかな音を立てる。ケンジは息を呑んだ。

「誰だ？」

気配を察し、机を回り込む足音が聞こえた。

視線を上げると、目が合った。

男の顔には無数の傷がある。今ついたものではなく、過去の傷だ。一岡連合本体の人間にも、これほど迫力ある者を見たことはない。

「おまえも、ここのバイトか？」

蛇のような目でケンジを見据える。

「アルバイトです。すんません。すんません！」

ケンジはひたすら謝って、この場をしのごうとした。

「出てこい」

男に腕をつかまれる。思わず身を竦める。

その時、足下に落ちていたスマホがつながった。

——どこにいるんだ、ケンジ！

電話から声が漏れる。驚いて落とした時、音量を大きくしてしまったのか、スピーカーでないにもかかわらず、向こうの声が聞こえていた。

――島内の連中が攻めてきやがった！　てめえらも総出で島内を狩れ！　ケンジ、聞いてんのか、てめえ！

ケンジはあわてて、スマホに手を伸ばす。

先に、男がスマホを取る。

――島内を殺っちまえ！　見つけたら、ぶち殺せ！

男はそれを聞いて、電話を切った。

ケンジを引きずり出し、スマホを顔の前で振る。

「おまえ、ケンジか？」

「違います！」

とっさに答えたが、黒目が激しく揺らいだ。

「ケンジだろ？　こんばんは。おまえが狩れと命令された島内のモンです」

男はにやりとした。

ケンジの身体は震え、失禁した。

「こいつと遊んでやれ。くたばるまでな」

男は背後にいる男たちに命じた。

男が背を向けて部屋を出て行く。代わりに他の男たちがケンジを取り囲んだ。

男たちの影がケンジに被さる。

ケンジは激しい動悸で飛びそうになる意識の中で思った。

ヤクザなんかになるんじゃなかった……。

2

一岡連合総長の一岡孝光は、北池袋のマンションの最上階にいた。一岡連合の本部として使っている五階建てマンションで、階下は組員で固めている。

一岡はスマホを握っていた。何度も鳴らしては電話を切り、再度かけ直す。

が、一向に相手は出ない。

スマホの画面に表示されているのは、関東広域連合美濃部一家総長の美濃部真一の名前だった。

「なぜ出ねえ……。なぜ出ねえんだ！」

一岡はスマホを床に叩きつけた。

ディスプレイが割れ、フレームから基板が飛び出す。

「南部！　いるか！」

一岡は大声で怒鳴った。

すぐにドアが開いた。背の高い男が入ってくる。

「どうしました？」

「おまえのスマホで美濃部に連絡を入れてみろ」

「親父のスマホは？」

「俺のじゃ出ねえから言ってんだ！」

一岡は叩きつけたスマホを踏みつけた。

「出ねえって、どういうことですか！」

「知らねえよ！　さっさと電話してみろ！」

一岡が怒鳴る。

南部と呼ばれた男はその場で自分のスマホを出し、スピーカーにしてコールする。しかし、呼び出し音が鳴るだけで、出る気配がない。

「出ないですね」

「そういうことかよ……」

一岡は拳をデスク天板に叩きつけた。

「どういうことです？」

南部が訊く。

「見限ったってわけよ、俺たちを」

「美濃部さんがですか？」

「そうよ。島内のガキ、美濃部と謀(はか)りやがったんだ。上等じゃねえか。上等じゃねえか、おおう！」

一岡は立ち上がった。

「南部。残ってる子分全員を集めて、ここにある武器を配れ」

武器庫の中には、銃器がそろっている。

「親父、それはさすがにやばい。サツも動いてます」

「関係ねえ。サツもぶち殺せ」

一岡は血走った眼を見開いた。

「今すぐ、島内のところに攻め込め。ヤツの首を獲るまで帰ってくるな」

「親父の警護に何人か――」

「かまわねえ！　俺は殺られねえ！　島内を獲ってこい！」

一岡が怒鳴った。

南部は部屋を出た。

「全員、一階に集まれ！」

南部の声が聞こえる。大勢の足音に続いてドアが開閉する音もした。

一岡のフロアに詰めていた子分たちがいなくなり、静かになる。

一岡はデスクの後ろにある棚の引き出しを開けた。二重底の板を取り、中から油紙に包まれた塊と持ち重りのする厚紙の小箱を取り出す。拳銃と銃弾だった。

この場に警察が来れば、間違いなく逮捕され、組がなくなるほどの捜索を受けるだろう。が、頭に血ののぼった一岡に冷静な判断力はなかった。

この世界で四十年生きてきた。若い頃はまだ暴対法もなく、力が物を言う世界だった。

何度となく、襲われた。敵の銃弾を浴び、死にかけたこともある。

そのたびに、襲ってきた連中を叩き潰してきた。

今でこそ、一岡は知略家だと笑うヤツもいるが、頭だけで生き延びられるほど、こっちの渡世は甘くない。

力あっての頭だ。

一岡の血は久々に滾っていた。ここまで舐められたのは、盃をもらう前にチンピラ風情で街を流していた時以来か。

島内にも腹立つが、何より許せないのは、美濃部だった。

一岡連合は関東広域連合の傘下にある。しかし、島内組は関東広域連合には入っていない。いわば、反目だ。

長年対立してきた反目と手を組み、これまで尽くしてきた仲間を見限るとは、まったく筋の通らない話だった。何か、こっちが下手を打ったということならまだしも、上に迷惑をかけてはいけないと武闘派の牙を引っ込め、組とは切り離した会社まで設立して風俗業を営み、律儀に上納金を納めてきた。

そんな一岡連合を、どういう料簡かは知らないが、あっさりと切り捨て、島内組に急襲させた。

「あのクソガキだけは俺の手でぶち殺してやる……」

一岡は箱の弾丸をデスクにぶちまけた。

銃把からマガジンを取り出して、美濃部の顔を思い浮かべながら、一発一発詰めていく。

ガチャッとドアロックの外れる音がした。玄関の方から蝶番が軋む音も聞こえた。

一岡は装塡済みのマガジンを差した。手のひらで押し込み、スライドを滑らせ、弾を薬室に送り込む。

椅子に深くもたれ、右手に持った銃をドア口に向ける。

ドアバーが傾いた。ドアがゆっくりと開く。一岡は引き金に指をかけ、絞ろうとした。

が、姿を見て、指を緩めた。

「南部、どうした？」

「いや、やっぱ、親父が気になって」

「他の連中は？」

「出払いました。三手に分かれて島内の連中を殺りにいってます」

「そうか。じゃあ、おまえは美濃部を捜せ。居場所がわかったら、俺に知らせろ」

「美濃部さんを殺るんですか？」

「当たり前だ。なんなら、関東広域連合の組全部潰してやる」

一岡が目を剝く。

「親父、そりゃ困ります」

「困るだと？　おまえ、ビビってんのか？」

「いえ、そうじゃなくて、美濃部さんは俺らの未来を創ってくれるリーダーですから、生きといてもらわなきゃ困るんですよ」

「なんだ、未来ってのは？　美濃部がリーダーだと？」

怪訝そうに片眉を上げる。

「こういうことです」

南部が右に身体を開いた。

後ろに人影がある。

一岡は銃を持ち上げた。が、それより先に発砲音が轟いた。

一岡が両眼を見開いた。その眉間に穴が開いている。後頭部から血肉が噴き出し、背後の壁に飛散した。

一岡の上体がぐらりと傾いた。目を開いたまま天板に突っ伏す。天板の上に血だまりが広がっていく。

男が入ってくる。机に近づき、一岡の首筋に指を当てた。

「親父、逝きましたか？」

南部が入ってきた。

「ええ」

男が振り返る。

「一発で眉間を撃ち抜くとは、たいした腕ですね。辻森さんから聞いていた通りだ、ジョーさん」

南部は絶命した一岡を見つめながら言った。

「あんた、自分の親を殺されてもなんとも思わないんですか？」

ジョーこと、周藤が訊く。

「これから始まる新時代に、親父はついていけねえ。親父がヤクザとして死ねる最後の機会を作ってやれたのが、せめてもの親孝行ってやつですよ」

南部が言う。

「そんなもんですかね」

「そんなもんです」

南部は微笑んだ。

迷いがない。

神馬が電話で話していたように、奥塚の思想は宗教がかっているようだ。

「ジョーさん、辻森さんから、仕事を終えたらお連れするように言われているんですが」

「どこへですか？」

「島内のところで話した時は、そのまま逃亡するようにと言われていたと思うんですが、それは島内の手前です。実は俺たち、裏社会の再編をしようとしているんです」

「裏社会の再編？　そんなこと、できるはずがない」

周藤は事前に神馬から話を聞いていたが、そらとぼけて、常識論を口にした。

南部は、にやっとした。

「もちろん、俺たちだけではできませんが、強力な後ろ盾がいます。ジョーさんには、その人に会っていただきたい」

「それは、南部さんの意向ですか？」

「辻森さんのです」

南部は言い切る。

「島内組がその計画に一枚嚙んでいるということですか？」

「島内じゃなく、辻森さんです」

「辻森さん一人ですか？」

「他にも何人か、選りすぐりを連れてくるようです。うちもそうです。俺が選んだ者たちには話をして、すでに計画へ参加してもらう手はずは整えています」

「しかし……そんなことをすれば、島内さんが黙ってはいませんよ。あの人は本物だ」

周藤が言う。

「わかってます。が、もうすぐそちらもカタが付くでしょう。もし、ジョーさんが関わりたくないというなら、そのまま逃げてもらってもかまわないと辻森さんは話していました。どうしますか？」

南部が周藤を見つめた。

周藤は腕組みをしてうつむいた。答えは決まっているが、ジョーとして、不自然にならないよう思案する。

「一つ訊いてもいいですか？」

「なんなりと」

南部が答える。

「あんたたちの言う〝再編〟が成就する確率は何パーセントですか？」

周藤が訊ねた。

南部は周藤をまっすぐ見つめた。

「百パーセント。と言いたいところですが、正直未知数です」

「あんたの感覚では？」

「五パーセントから、よくて二十パーセント」

南部の見立ては甘いと思うが、言葉に迷いはなかった。

「……わかりました。五パーセントなら、あるいは、何かが変わるかもしれませんね。日本の裏社会の変化は、世界の裏社会の在り方も変える。見届けさせてもらいましょう」

「協力していただけるんですか？」

「それは、本当に島内さんの首を獲ったらの話で。島内さんがやすやすと殺られるとも思えませんので。その条件でどうですか？　すぐにでも協力するかどうかの答えを出せと言うなら、ノーです」

「わかりました。それでかまいません」

「あんたらの後ろ盾に会う話も、島内さんの件の結果がわかってからでいいですか？」

「辻森さんと後ろ盾には、そのように伝えておきましょう。ともかく、ここに長居するのはまずい。俺と一緒に来てください」

南部が言う。

周藤はうなずき、南部の後に続いて部屋を出る。

ドア口で室内に目を向け、一岡の屍を見つめ、胸の内で手を合わせた。

3

島内守利は関東近郊の歴史ある温泉地で、部屋付きの露天風呂に入っていた。

夜空に浮かぶ無数の星を眺めながら浸かる温泉は格別だった。

湯船から出ている分厚い上半身には、無数の傷が走っていた。銃創もあれば、刃物によるものもある。島内の歴戦を物語っている。

「失礼します」

ジャージを着た組員が縁側に顔を出した。

「辻森さんがお見えになりました」

「辻森が？　通せ」

島内は浴槽の縁に腰かけ、足だけを浸けた。

辻森が縁側に姿を見せた。片膝をつき、頭を下げる。

「親父。ジョーさんが一岡を殺りました」

「そうか。仕事が早えな。さすがプロだ」

満足げにうなずく。

「一岡のシマも荒らしまくって、ほとんどの組員を追い込みました。急襲されたせいか、ヤツら、何もできず逃げ回るだけでした」

「だろうな。今どき、おおっぴらに喧嘩仕掛けるところなんざないからよ。喧嘩は先手必勝に限る。サツは？」

「抗争を止めるのに必死ですが、いずれ落ち着いたら、うちにも手が入るでしょう。親父はこのまま、ここでのんびりしといてくれりゃあいいですよ」

「そうもいかねえだろ。一岡を殺ったとなりゃあ、美濃部が出てくる。ヤツとの話し合いに俺が出なきゃ、格好がつかねえ」

「いいんですよ、親父はずっとここでのんびりしといてくれれば」

「ずっと？」

　島内は気色ばみ、ゆっくりと振り向いた。

「辻森。てめえ、腹に何か隠してやがるな」

　ぎろりと睨む。

　辻森は涼しい顔で見返した。

「別に何も」

「俺の裏を掻こうなんてのは、百年早え。美濃部が出てきたら、すぐに連絡を入れろ。わかったか？」

「では」

辻森が立ち上がった。縁側の障子戸を開く。

座敷には美濃部一家総長の美濃部真一の姿があった。あぐらをかいて座椅子にもたれ、島内を見据えている。

「おい、こら。どういうことだ、こいつは」

美濃部を睨みつける。毛が逆立ちそうなほどの怒気が湯気と共に上がる。

辻森は美濃部に歩み寄った。斜め後ろに座し、同じように島内を見つめる。

「辻森、てめえ裏切ったのか？」

島内がうなる。

美濃部が口を開いた。

「島内。一岡は潰れた。関東広域連合としちゃあ、てめえんとこに総攻撃を仕掛けなきゃならねえ」

「上等だ。かかってこいや」

島内が拳を握る。腕と胸の筋肉が盛り上がる。

「まあ、カッカするな。一つ、提案がある。島内組を解散して、シマを渡せ。そうすりゃあ、てめえもてめえの家族も生かしといてやる」

「こら、美濃部。いつ、俺が命乞いしたよ？　こっちが裸でも、てめえなんざ、腕一本で殺れるぞ」

島内が立ち上がった。腿の筋肉も盛り上がり、筋が立つ。ゴリラのような迫力だった。

「辻森、てめえもだ。この拳で叩き殺してやる」

浴槽の縁を蹴り、部屋へ飛び込んできた。美濃部に迫ろうとする。

が、障子戸を越えたところで、動きが止まった。

右のふくらはぎに、黒くて長いものが刺さっていた。それを目で追う。

「てめえ……黒波か」

「すまねえな、島内さん。あんたは嫌いじゃねえが、何の因果か、反目に立っちまったもんでよ。これも渡世の無情な理と思って呑み込んでくれ」

神馬は言い、黒刀を水平に引いた。

ぶつっと太いゴムが切れるような音がした。アキレス腱を斬られた。

島内は顔をしかめ、右膝を落とした。右手で座卓を握る。

神馬は刀を振り下ろし、島内の右前腕を斬った。血がしぶく。切断された島内の腕は座卓をつかんだままだった。

「黒波」

太い眉を吊り上げて神馬を睨み、左腕を伸ばす。

発砲音がした。島内の背中で血の冠がパッと弾けた。

島内は左手を突いた。

「誰だ……」

顔だけ曲げて振り向く。

柏崎愁斗が立っていた。島内は神馬に気を取られ、愁斗の存在に気づいていなかった。

「殺れ」

美濃部が言う。

愁斗は二発、三発と連射した。

島内の背中で血が弾ける。島内は前のめりに血の海に沈む。

「てめえら……てめえら、許さんぞ！」

島内が吼える。室内が震えた。

同時に、愁斗が引き金を引いた。

銃弾は島内の後頭部を吹き飛ばした。血飛沫が神馬の顔にかかる。

しんとなった。

白い煙と鼻をつく火薬の臭いが漂う。

美濃部は大きく息を吐いた。

「最期にあれだけ吼えられるとは、たいしたヤツだったな。もう少し賢けりゃ、長生きできたものを」

目の前の屍を見て、鼻で笑う。

神馬は斬り捨ててやりたかったが、我慢した。

辻森はスマホを取り出した。南部に連絡を入れる。

「……もしもし、俺だ。たった今、親父は逝った。ジョーさんに伝えて、奥塚さんのところまで連れてきてくれ」

用件を話し、電話を切る。

「美濃部さん、奥塚さんの所へ行きましょう」

辻森が立ち上がる。

「行くぞ」

愁斗と神馬を見やる。

美濃部は辻森と共に、先に部屋を出た。愁斗も部屋を出る。

神馬は刀を納め、島内の側で片膝を突いた。宙を見つめるまぶたを閉じ、片手を立てて冥福を祈る。

そして、ゆっくりと部屋を後にした。

4

神馬は美濃部たちと共に、元代議士の奥塚邸へ戻った。

先日と同じく、智恵理は秘書としての顔を崩さず、神馬らを奥塚の待つ部屋へと案内した。

奥塚の待つ席へ歩み寄る。

「黒波君、お疲れさん」

奥塚が顔を向ける。

「島内はどうなった？」

「そこの愁斗がきっちり仕留めたよ」

愁斗に目を向ける。

「それはそれは。ご苦労だった」

奥塚に言われ、愁斗が頭を下げる。

神馬の目は、そのまま奥塚の対面のソファーに向いた。背を向けて、二人の男が座っている。

「辻森君と愁斗はこちらへ」

奥塚は自分の左手にある二人掛けソファーを指した。

「黒波君はそちらへ」

右手にある一人掛けソファーを指す。

神馬は手前のソファーを回り込み、示されたソファーの前に立った。背を向けていた二人を見た。

一人は南部という男だった。フェイスレスに神馬を紹介した男だ。

もう一人は——。

奥塚が訊く。

「黒波君。君たちが言っていた腕の立つ銃遣いというのは彼のことかな？」

「こいつだ」

神馬が睨む。

南部の隣にいたのは、周藤だった。睨みながら、ソファーに深く腰を下ろし、脚を組んで、肩に刀の柄をかけた。

「こちら、ジョーさんというそうだ。東南アジアを中心に、銃を使った仕事をしていた」

「ジョーです。よろしくお願いします」

周藤が頭を下げる。

神馬はわざと仏頂面を見せた。

「黒波君、ジョーさんも我々の活動に参加してくれることになった。君とも仲間になったんだから、遺恨は水に流して、うまくやってもらいたい」

「……気に入らねえが、兄貴の頼みだからな。わかったよ」

神馬は腰を浮かせて、右手を差し出した。周藤も右手を伸ばし、握手をする。

「で、南部さんはなんでここにいるんだ？」

神馬は南部を見た。

「それぞれの組に、志を共にする者がいると話しただろう」

奥塚が言う。

「じゃあ、あんたも最初からこっち側だったってわけか？」

「そうだ。正直、おまえが俺たちの側に来るとは思わなかったがな」

南部が薄く笑う。

「フェイスレスを紹介したのは、なぜだ？」

「成尾の警護だよ。愁斗と豪で間に合うっちゃ間に合うんだが、周りの同業者に怒りを買っていたんでな。もう一枚、確実なカードが欲しいと思っていたところに、おまえが仕事を探していると知った。渡りに船ってやつだ」

南部が話を続ける。

「それで、愁斗におまえを監視させてたんだが――」

奥塚が割って入った。

「南部君や愁斗の話を聞いていて、君に興味が湧いてね。それで会ってみたいとつないでもらったわけだ」

「なんか、騙されたみたいで気分悪いな」

奥塚は微笑んだ後、全員を見回した。

「ともかく、みな、ご苦労だった」

そう言い、手をパンと叩いた。

智恵理と別の使用人の男がワゴンを押して入ってきた。ワゴンにはシャンパンとグラスが載っている。

男がグラスにシャンパンを注ぎ、智恵理が一人一人に手渡していく。

全員に配り終えると、二人は一礼して部屋を出た。

「では、我々の新しい世界に」

奥塚がグラスを掲げた。全員がグラスを持ち上げ、クッと飲む。

「ジョーさん、いかがかな？」

奥塚が訊いた。

「おいしいです。ブリニャックですか？」

最高級と名高い逸品だった。

「わかるかね」

「クライアントにはワイン好きな方もいましたので」

周藤が言うと、奥塚は満足げにうなずいた。シャンパンを飲み干して、グラスを置く。

「さて、諸君。ここからが本番だ。まず、愁斗たちフェイスレスが一岡連合と島内組の縄張りをすべて手中に収める」

愁斗に顔を向ける。

「これは、フェイスレスの人員で間に合うだろう。成尾を中心に周辺の半グレを取り込み、暴れるだけ暴れてほしい」

愁斗は深く首肯した。

「黒波君は、成尾を狙う者が出てきたとき、守ってほしい」

「護衛に徹しろということだな」

「そうだ。フェイスレスが一大勢力を築いた後、美濃部君を中心とした関東広域連合がフェイスレス狩りを始める。混沌(こんとん)とした状況を作り出す。荒れれば、ここぞとばかりに自分らの勢力を拡大しようとする輩が出てくる。その者たちを南部君、辻森君、それとジョーさんに処分してほしい」

奥塚が周藤を見た。周藤は静かにうなずいた。

「当然、そうなれば警察や一般市民も黙ってはいない。反社会的勢力と戦う旗頭(はたがしら)として、現役の東京都議、丹羽幸太郎君を立て、二十三区内の主要駅で演説をさせる」

「その丹羽ってのを担(かつ)ぎ上げるのか?」

神馬が訊いた。

「政治力も必要だからね。彼が庶民のヒーローとなれば、新党を結成し、与党の一角に食い込ませる」

「そんなにうまくいくもんかねえ」

神馬が深くもたれ、奥塚を見やる。

「もちろん、仕込みはする」

「どんな?」

「それは追々、話すとしよう。今はまず、フェイスレスの勢力拡大に尽力してもらいたい。そこが肝心な第一歩だからね」

「警察が動くのではないですか?」

周藤が訊いた。

奥塚がゆっくりと周藤に顔を向ける。

「動いてくれていいんだよ。逮捕される者はどんどん逮捕されればいい。それもまた浄化となる」

笑みが濃くなる。

「ということで、まずは愁斗、黒波君」

名前を呼んで、それぞれを見やる。

「成尾を掲げ、狼煙(のろし)をあげてもらいたい」

奥塚は神馬を見て微笑んだ。

「任せとけ」

神馬が立ち上がる。愁斗も立った。

「南部君と辻森君は、それぞれ組に戻って、彼らが切り崩しやすいよう、他の賛同者と協力して、組員を動かしてくれ」

奥塚に言われ、南部と辻森が首肯する。

それを見届け、神馬と愁斗は部屋を出た。

「では、失礼します」

南部と辻森も立ち上がって一礼し、部屋を出た。

室内に美濃部と周藤だけが残った。

「美濃部君、ジョーさんを預かってもらえないか」

「承知しました」

奥塚の言葉に美濃部が少し頭を下げる。

「ジョーさん、それでいいかね？」

「はい。美濃部さん、よろしくお願いします」

周藤が頭を下げると、美濃部は口を引き結んで威厳を見せつつ、ゆっくりと首を縦に振った。

5

「はい……はい、わかりました」

宇佐美は丁寧に返事をして頭を下げ、電話を切った。

デリバリーヘルスの事務所には、渕上と、香田を名乗る伏木がいた。

「渕上君、君のチームに連絡してください」

「いよいよですか」

渕上が訊くと、宇佐美がうなずいた。

「いよいよとは？」

伏木が訊く。

宇佐美が伏木に顔を向けた。

「一岡連合と島内組がぶつかり、一岡総長と島内組長が共に殺されたそうです」

「一岡と島内の頭が獲られたんですか！」

伏木が驚く。

「この機に、両者が仕切っていた池袋のシマを奪取します」

「池袋を獲る⁉」

ますます目を見開く。

と、渕上が伏木の肩をポンと叩いた。

「最初からそのつもりだったんだよ。それで、腕のある人間を集めていた」

「いやあ、そんなことを狙っていたとは」

伏木は少し引きつった笑みを覗かせた。

「おまえには、俺の右腕として暴れてほしい」

渕上が伏木の肩を握る。

「香田君、お願いできますか?」

宇佐美が伏木を見た。目の奥から圧が滲む。

「池袋をフェイスレスが制するということですよね。そのあとはどうするおつもりで?」

「都内の主要な街の裏社会を制する」

宇佐美の体から、ものすごい気配が湧き上がった。怒気とも覇気(はき)ともつかない迫力に、伏木は少々気圧(けお)された。

これが、宇佐美の正体か……。

しょぼくれたオヤジの着ぐるみを着た人食い鬼、といったところか。

「大枠の指揮は私が行なう。現場での指示は渕上君に任せる。各現場に移動しながら、島内と一岡の残党を一人残らず狩ってください。昼夜問わず、暴れてくれてかまいません。長くても三日で制圧します」

「三日で！　いけますか？」

伏木が目を丸くして、訊く。

「頭をもがれた蛇にもう毒牙はねえ」

渕上がにやりとする。渕上もまた、肝が据わっている。

「香田君、お願いできますね？」

宇佐美が念を押す。断れない。

「わかりました」

香田は太腿に手をついて、頭を下げた。

宇佐美はうなずき、スマホを出した。どこかへ連絡を入れる。

「もしもし、瓜田君。ちょっと事務所まで来てもらえるかな」

そう言い、電話を切った。

まもなく、瓜田を名乗っている栗島が部屋へ入ってきた。

「なんでしょう？」

栗島は伏木の方は見ず、宇佐美に歩み寄った。

「今日は、渕上君たちのドライバーを務めてください」

微笑みながら言う。

「それはかまいませんが……。今、仕事に出ている嬢たちの送迎はどうしましょう？」

「別の者に行かせます。少々事情があって、しばらくはデリヘルを休業する予定なので、その間、君は渕上君の専属ドライバーをしてくださいね」

「そうですか。わかりました」

栗島が首肯する。

「では、よろしくお願いしますよ、みなさん。ここが正念場です」

宇佐美は笑みを絶やさないまま、渕上と伏木を見据えた。

渕上が立ち上がる。伏木も立ち、一礼する。

「では、僕は車を回してきます」

栗島はペコっと頭を下げ、先に部屋を出た。

伏木はゆっくりと渕上と共に出て行った。エレベーターホールへ歩きながら、渕上に話しかける。

「渕上さん、あの坊主頭、これから池袋で暴れること、知ってるんですか？」

「知らないだろうな。あいつはただのドライバーだから」

「大丈夫ですか？　ヤバい現場に出くわしたら、逃げるかもしれないですよ」

「宇佐美さんは、こないだのカレンの一件を評価してるんだ」

「俺がシュンってヤツを締めた、あれですか？」

伏木が訊くと、渕上がうなずいた。

「あいつ、相当殴られてただろ？」

「そうですね。もうちょっと避けられなかったのかと思ったくらいですよ」

伏木が笑う。

「避けなかったんだよ、あいつ」

「えっ？」

「カレンから聞いた話だと、あいつはずっとカレンを守って殴られていたそうだ。十発は軽く超えていただろうが、そのわりに顔の腫れがない。気づかなかったか？」

「言われれば……」

伏木は思い浮かべるふりをする。

「あんなとぼけた顔をしているが、何かやっていたんだろう。でなきゃ、打撃を受けつつ女を守るなんて芸当はできねえ」

「渕上さんが気づいたんですか？」

「いや、最初に気づいたのは宇佐美さんだ」

淵上が言った。

あのおっさん、格闘の心得もあるということか——。

伏木は思いつつ、訊いてみた。

「淵上さん。宇佐美さんって、どういう人なんですか？」

「どういう、とは？」

伏木を見上げる。

「いえね。こう言っては失礼なんですけど、初めて会った時は、そのへんの借金を抱えたオヤジが店長させられているんだろうと思っていたんですよ。けど、時々、なんかすごい覇気みたいなのを感じさせるし、瓜田のそういうところも読み切るなんて」

普通の者なら感じそうな疑問を口にした。

「俺も詳しくは知らないんだが、大物総会屋だったんじゃないかって噂は聞いてる」

「総会屋ですか。今もいるんですかね」

「表立っては活動してないだろうが、ファンドと組んでやってるやつらはいるんだろうな。ただ、上の信頼は得ているから、単なる噂話でもないんだろう」

「上って、成尾さんですか？」

「いや、もっと上だ」

「もっと上？　成尾さんがフェイスレスの頭じゃないんですか？」

「成尾さんはフェイスレスの頭だ。だが、その上がいる」

「誰です？」

伏木が訊く。

「それはいずれわかる。今は、仕事を済ませちまうぞ」

渕上は伏木の二の腕を叩き、少し歩を速めた。

いずれ、本丸に行き着くということか——。

6

その日から、池袋の至るところで抗争が勃発した。

フェイスレスを中心とした半グレ集団は、昼夜関係なく、一岡連合と島内組の残党を街中で叩きのめしていく。

渕上の言う通り、頭を失った残党たちはまとまりがなく、半グレ集団の急襲を捌き切れず逃げ回るだけだった。

もちろん、警察も黙ってはいない。トラブルの通報が入るたびに現場へ駆けつけるが、逮捕されるのはほとんどが襲撃を受けた側の人間たち。半グレ集団はうまく逃げている。

おのずと、相手の勢力は弱まり、半グレ集団の力が増幅する。

噂を聞きつけた別の半グレ集団や暴力団が、ここぞとばかりに池袋を狙ってきたが、奥塚の指示通り、南部、辻森、周藤を中心とした精鋭がことごとく蹴散らした。

成尾を襲ってくる者たちも多数いたが、それも柏崎兄弟と神馬、渕上が率いる処理班が鉄壁なガードを見せた。

一気に池袋を制圧していくフェイスレスの躍進におののき、傘下に収まろうとする半グレ集団も出始めた。

一度、そうした動きが始まると、我も我もとフェイスレスに流れ込んできた。

宇佐美が指示した三日後には、フェイスレスを中心とした半グレ集団は一大勢力として池袋に君臨し、一岡連合と島内組の残党は一掃された。

成尾は、池袋を制覇すると、フェイスレスと傘下に収めた半グレ集団を組織化し、〝F〟を名乗らせた。

もちろん、それは成尾の発案ではなく、愁斗の助言によるものだ。

初めは、あまりに急激な身辺の変化に戸惑い、おののいていた成尾も、都内どころか日本全国に轟く半グレ集団の頭となったことで気が大きくなり、愁斗の助言に乗った。

当然、成尾の異名である〝Gスプリング〟の名も、全国の警察と反社会的組織に響き渡ることとなった。

成尾率いる〝F〟は、蛇を模したアルファベットの紋章を腕に刻み、周辺地域のシマも荒らし始めた。

そうなると、関東広域連合も黙っているわけにはいかない。

美濃部は満を持して、Ｆの殲滅を、傘下の組に命じた。

都内は一気に戦場となった。

あちこちで凶器を持った男たちが殺し合いを始めた。発砲事件も多発し、流れ弾で負傷する一般市民も出てきた。

その機を捉え、丹羽幸太郎が立ち上がった。

丹羽は街頭に立ち、マイクを握って、現状を批判した。

「このまま、反社会的組織の者たちの好きにさせてもいいのか！　知事は、議会は、警察は何をしているんだ！　私が責任を持って、徹底して彼らを駆逐します！」

主要駅前で行なった演説には、多くの大衆が耳を傾けた。

知事も警察も、何もしていなかったわけではない。掃討作戦に向け、組織を準備していた。

しかし、丹羽が先頭に立ち、Ｆや暴力団が抗争を繰り広げている場所に出向いて演説をぶったことで、この掃討作戦の主導者が丹羽であるかのような錯覚を、大衆に抱かせた。

実に巧みな戦略だった。

丹羽が演説を始めて二週間後、警視庁が組織した特別対策本部が池袋や新宿、渋谷、上野などで、掃討作戦を決行した。

投入した警察官は実に二千五百人。暴力団のトップは次々と逮捕され、構成員も百人単位で検挙された。

各地に散らばっていた半グレ集団も掃討作戦の煽(あお)りを受け、次々とメンバーが逮捕されていき、縮小していった。

7

凜子は、ラウンジを辞めて会計事務所で働いた後、事務所スタッフとして、丹羽の出向くところに同行していた。

本来であれば、二、三カ月ほどかけて禊(みそぎ)を済ませ、丹羽の下(もと)へ行くはずだった。が、智恵理から指示を伝えられた。

すぐに丹羽に合流せよ——。

凜子が指示を受け、丹羽の事務所に入ると、すぐに丹羽の演説行脚(あんぎゃ)が始まった。

つまり、上層部、ツーフェイスかミスターDは、丹羽を取り巻く組織の動きをつかんでいたということだ。

ツーフェイスから丹羽の監視を命じられた後、凜子にはずっと気になっていたことがあった。

第三会議の調査員が、自分たちの動きを監視しているはずだった。

D1メンバーが仕事をしないように。

しかし、潜入してもなんら警告もなく、自由に行動できていた。

本当に仕事をさせないつもりなら、もう少し監視を強めたり、メンバーを軟禁状態にすることもできたはずだ。

が、そうはなっていない。

丹羽に絡む件は第三会議も了承の上で動いていると見て間違いなさそうだった。

さらに、智恵理を通じて指示が出たということは、他のメンバーも本丸に迫っているということだろう。

凜子はその流れを感じつつ、丹羽に近づいていた。

代々木駅前での演説を終えて、丹羽が戻ってきた。

大勢の一般市民に声を届けるには、街宣車の上に立ち、演説をする方がいい。

しかし、丹羽はそうしなかった。

あくまでも、市民と同じ路上に立ち、自身の主張を訴えることにこだわった。

通常なら、駅へ急ぐ人には煙たがられ、周りの商店からは苦情が来るところだが、丹羽の演説とスタイルは、一般人の心を捉えつつあった。

タイミングが絶妙だった。

たたでさえ、物価高騰や増税、薄給で苦しんでいるところに、無益な暴力事件があちこちで頻発し始めた。

市民の憤懣(ふんまん)は限界に達しつつある。

そこに登場した勇気ある若いリーダー。丹羽はそんな印象を大衆に刷り込んだ。

「お疲れさまです」

車の後部シートで待っていた凜子は、冷たいおしぼりとお茶を渡した。お茶は凜子が持ってきた水筒に入っている冷たい玄米茶だ。

「ありがとう」

丹羽は微笑み、冷えたお茶を喉に流し込んで、おしぼりで顔中に噴き出す汗を拭った。

「先に、お昼になさいますか?」

「いや、新宿での演説をしてからにしよう。運転手さん、新宿駅東口へ」

丹羽が言う。

運転手は返事をし、車を発進させた。

丹羽はシートに深くもたれた。大きく息をついて、目を閉じる。

「先生。やっぱり、一息入れたほうが」

凜子が言うと、丹羽は顔を起こして、微笑みかけてきた。

「ありがとう。君が僕を気づかってくれるのはうれしいよ。でも、今が僕の正念場なんだ。ここで一気に、大衆の心をつかみたい。そうすれば、僕が目指す世界に一歩近づける」

「先生……」

　凜子はそっと手を握った。

　丹羽が握り返してくる。

「こうしてリオンがそばにいてくれることで、僕はがんばれる。僕のそばにいてほしい」

「はい」

　凜子ははにかんで見せた。丹羽が顔を近づけようとする。

「先生」

　凜子は首を傾けて避けた。

「すまんすまん」

　丹羽は笑って、再びシートにもたれた。

　凜子は冷やしたおしぼりをクーラーボックスから二つ出した。

「先生、目を閉じて、頭の後ろをヘッドレストに預けてください」

「こうか？」

　丹羽は言われる通りに目を閉じ、頭を預けた。顎が上がったような姿勢になる。

凛子は丹羽のまぶたの上におしぼりを載せ、喉元にも巻いた。

「少しでも喉と疲労の回復を。聴衆の皆さんに先生の声を届けるために」

「やはり、君は最高だ」

丹羽の口元に笑みが浮かぶ。

十分ほどで新宿駅東口に着いた。

凛子は先に車を降りた。アルタの向かいにある広場には、先回りしていたスタッフがスピーカーとマイクを用意していた。

凛子の姿を見て、男性スタッフが寝かせていたのぼりを立てた。

丹羽が降りてきた。目元を冷やしたからか、疲労が滲んでいた目の周りも多少すっきりしていた。

凛子はのぼりを持った男性スタッフの脇に立った。丹羽の右斜め後ろになる位置だった。

丹羽がマイクを握った。少し振り返り、凛子を見て微笑む。

凛子は微笑を返して、うなずいた。

「ご通行中のみなさん！　私は都議会議員の丹羽幸太郎です！」

第一声を放つ。冷やしていたおかげか、声の掠れもだいぶ取れていた。

丹羽の名を耳にして、通行人が足を止めた。丹羽の名前が浸透している証拠だった。

「みなさん！　今、この新宿で起こっている事態をどう思われますか！」

よく通る声で問いかける。

「私は、今のような状況になる以前から、反社会的勢力への取り締まり強化を、議会で訴えてきました。しかし、議会は腰が重く、なかなか動かなかった。その結果、彼らの粗暴な振る舞いによって、一般の方々にまで被害が及ぶことになった。そうなって初めて、知事も議会も警察も、重い腰を上げたのです。私の力が足りなかったことで、普通に、真面目に生きる方々の心身に傷を負わせてしまった。お詫びさせてください！」

丹羽が深々と頭を下げる。

と、立ち止まった人たちから拍手が湧き上がった。「おまえのせいじゃないぞ！」というような応援の声も飛ぶ。

一カ月にも満たない間に、丹羽は大衆から信任を得ていた。

「そして、私は誓いました。二度と、懸命に生きるみなさんに、そのような思いはさせないと。そのために私は、この身を賭して、反社会的勢力の者や、何もしない、変えられない議会と戦っていく所存です！」

びしっと言い切ると、さらに大きな拍手が広場に響いた。

聴衆は年配者だけでなく、若者も多かった。これが丹羽の特徴だった。

ささやかな生活を脅かす者と戦う若きリーダーというイメージが、若者を中心に広がっている。

若者たちは、丹羽の演説をスマートフォンで動画撮影し、ＳＮＳで発信していた。サクラは使っていない。自然に湧き出てきたものだった。

それが丹羽に大きな力を与えている。

このところ、与党からの声かけが多かった。支持率低迷に悩む与党は、是が非でも大衆受けする若手が欲しい。

丹羽は誘いを断り続けていることを、ＳＮＳで公表していた。それがまた、若者の信頼を勝ち得る理由となっている。

また、年配者も、久しぶりに現われた気骨ある青年を応援している。

上と下からの支持は、やがて中間層にも波及する。そうなれば、丹羽は間違いなく、一時代を担うカリスマ政治家となるだろう。

演説シナリオも丹羽自身が考えたものだが、よく練られていた。

反社という、一般市民なら誰もが嫌悪を抱く敵を激しく攻撃しつつ、その中に、現行の政治やシステムへの批判を織り込む。

大衆の中にくすぶっている怒りを、まず反社にぶつけて増幅させ、抱いている怒りの本質は、今の政治全般にあるのだと刷り込んでいく。

丹羽が聡明で、理想家なのは知っている。だが、ここまで見事なシナリオを書けるとは思えない。

　誰かが背後で操っているのは確かだった。それはおそらく奥塚、もしくは奥塚が組んだ何らかのチームであろうことも。

　演説はさらに熱を帯びていく。聴衆の人数も増え、いつの間にか、広場が大勢の人々に埋め尽くされていた。

　凜子は聴衆を眺めていた。

　と、最後列から背を丸め、少しずつ近づいてくる男がいた。小柄な中年男だ。顔を伏せているが、時折、丹羽の方に鋭い目を向ける。

　男の右手は上着の内側にある。その胸元が膨らんでいる。

　凜子の目が鋭くなる。

　暴漢か――。

　男の動きを目で追う。男は聴衆の中を右に左に蛇行しながら、少しずつ丹羽に迫っていた。

　凜子なら、すぐに近づいて制することはできる。しかし、丹羽の事務所では、ラウンジ嬢上がりの女性職員で通している。

　格闘技術を見せつければ、丹羽にも周りのスタッフにも疑われる。

　凜子はのぼりを持った男性スタッフに近づいた。耳元でつぶやく。

「佐藤さん。あの人、怪しくないですか？」

男に目を向ける。

男性スタッフが凜子の視線を追った。すぐに怪しい中年男に目が留まった。

佐藤は、近くの若い男性スタッフを呼んだ。中年男の話をして、聴衆の中に向かわせる。

若い男性スタッフが中年男を見ながら近づいていくと、男はスタッフを睨み、そのまま背を向け、後ろに戻り始めた。

若い男性スタッフが中年男を追う。

凜子は安堵して、丹羽の方に目を向けた。

と、群衆の中から、薄い頭髪の痩せた男が飛び出してきた。手に光るものを握っている。

「先生！」

凜子が叫んだ。

丹羽の声が一瞬止まる。

その時、痩せた男は腰を落として、丹羽の懐に突っ込んだ。

丹羽が目を見開いた。男が離れる。刃の先に付いた血がぬらりと垂れ落ちた。丹羽が腹を押さえて崩れ落ちる。

近くにいた聴衆の女性が悲鳴を上げた。とたん、人々が右往左往して逃げ始めた。押された転んだ人に、別の人が引っかかって転ぶ。

群衆が折り重なるように倒れ、高齢者が下敷きになる。

痩せた男は逃げていく。男性スタッフが男を追う。女性スタッフは、東口交番に走った。

凛子は丹羽に駆け寄った。

「先生！　大丈夫ですか！」

丹羽の上半身を抱き上げる。

「大丈夫……」

丹羽は力なく微笑み、目を閉じた。

「救急車を！　救急車を！」

凛子は丹羽を抱いたまま、叫んだ。

第五章　狂信無罪

1

丹羽幸太郎が公衆の面前で暴漢に襲われたことで、警視庁はさらに警察官を投入し、半グレ集団と暴力団の掃討作戦を強化した。

双方の逮捕者は膨大な数にのぼり、抗争を続けることも難しくなってきていた。

加えて、フェイスレスと傘下の半グレ組織の集合体である〝F〟がもぎ取った風俗店からは、客足が遠のき売り上げも低迷するようになっている。周辺の別組織の店も同じく商売にならず、警察による摘発も進み、抗争地域の風俗店は壊滅状態だった。

資金源を奪われ、マンパワーも激減していく中、抗争から撤退する暴力団や半グレ集団も出てきた。

しかし、警察は手を緩めず、関わった組織を徹底的に追い込んでいた。

成尾ヨシハルはフェイスレスの仲間と、本拠地を東池袋に移していた。以前、関東広域連合傘下の組が所有していたビルを丸ごと強奪した。

七階建てのビルで、成尾の事務所は最上階にあった。

下の階は、腹心である柏崎兄弟の兄、愁斗が選んだ有力な半グレ集団の事務所として使っている。

いわば、Ｆの最後の砦だ。

解体寸前の関東広域連合は、メンツをかけて成尾の首を獲りに来ていた。

成尾は一歩も事務所から出ない。真ん中に置いたソファーには、弟の柏崎豪が座っている。

本来、周りを多人数で固めるところだが、Ｆが関東広域連合と警察に圧迫されだしてから、成尾は柏崎兄弟以外を疑うようになり、周辺から排除した。

神馬をも近づけなかった。

一時期はこの世のすべてを治めているかのような顔で天狗になっていたが、関東広域連合が本気で仕掛けてきて、警察まで乗り出してくると、とたんに怯えだした。

今では、床の軋む音でも、びくっと身体を震わせ、椅子から腰を浮かすほどだ。

「豪！　愁斗から連絡は？」

「まだないですね」

豪はスマホを見て、顔を横に振った。

「どうなってんだ、戦況は？」

「いいとは言えないですね。関東広域連合も弱ってますけど、こっちもだいぶ連合とサツに削られてます。シノギも今はできないので、資金も枯渇(こかつ)してきています」

「やられるのか？」

「誰にです？」

豪が訊く。

「連合に決まってんだろうが！」

成尾の口調が荒くなる。

刑務所より、自分の命を狙ってくる者の方が怖いようだった。

「それはないと思いますよ。あっちも相当、サツに持っていかれてますから。そろそろ手打ちの話も出てくるんじゃないですかね」

豪が落ち着いた声で答える。

「ヤクザが半グレと手打ちするわけねえだろ」

「今までの感覚だったらそうですけど、そこは状況が違ってきてます。あいつら、正直、俺たちがここまでやるとは思っていなかったでしょう。半グレはまとまらないとも思っていたでしょうし。それをまとめて、本業の奴らから縄張りをぶんどった。成尾さんには、連中も一目置いてます。手打ちは十分ありますよ。黒波さんもそう言ってましたから、まったくない話でもなさそうです」

豪が言うと、成尾の口元に少しだけ笑みが滲んだ。

「問題はサツの方ですが、引っ張られても、成尾さんが直接指示を出したわけではないんで、刑も軽いでしょう。ちょっと務めてくれれば、箔も付きますし、出てくる頃には成尾さんの天下ですよ」

「そんなにうまくいくか？」

「俺も兄貴も黒波さんも付いてます」

豪は成尾をまっすぐ見て、微笑んだ。

と、豪のスマホが鳴った。成尾の顔が引きつる。

「もしもし、おう、どうした。うん……わかった、すぐに行く」

短く話をして通話を切り、立ち上がる。

「どうした！」

成尾が豪を見つめる。

「なんか、怪しいのがビルの周りをうろついてるというんで、ちょっと見てきます」

「そんなの、他のヤツにやらせりゃいいだろ！」

「俺の目が一番確かです。もし連合の誰かなら、強引に突っ込んでくるかもしれませんからね。その前に抑えてきますよ」

豪は成尾のデスクに近寄った。

腰に差した自動拳銃を取り、スライドを滑らせて弾を装填する。その重い音に成尾がびくりと肩を竦めた。

豪は銃をテーブルに置いた。

「成尾さん、もしここへ上がってくるとすれば、連合の連中です。警察なら、事前に下から連絡があるんで、大丈夫です。俺が戻ってくるまでに誰か上がってきたら、こいつで殺っちまってください」

「殺せというのか？」

成尾の声が震える。

「殺らなきゃ、殺られます。頭が獲られたら、俺らもどうすることもできねえんで。躊躇したら負けです」

「豪、ここにいてくれ……」

成尾は少し涙目になった。

豪が笑みを返す。

「そうならないために、俺が見てくるんですよ。大丈夫です。鍵はかけときますんで」

豪は言い、事務所を出た。

ドアの向こうから、鍵のかかる音がした。

成尾は机の上にある銃を取って、何度も握った。

豪はエレベーターで一階に降りた。見張りの部下が二人、玄関ドアのすぐ内側に立っている。

二人は豪を見て、一礼した。

「おまえら、もうここはいいから、逃げろ」

「逃げろって、どういうことですか？」

一人が訊く。

「警察が踏み込んでくるという連絡が入った。逃げて、しばらく身を隠しておけ。そのまま抜けてもかまわない」

「ボスは？」

もう一人が訊いた。

「俺が逃がす」

「下の階の連中はどうします？」

「サツへの土産だ。元々、フェイスレスとは関係ねえ連中だから、ほっとけ」

豪はポケットから一万円札の束を取り出した。数十枚ある。

「少ねえが、退職金だ。二人で分けてくれ」

一人に渡す。もう一人はそれを見て、頭を下げた。

「元気でな。もう半グレには関わるな。そうすりゃ、おまえらは普通に暮らせる」

「豪さん。それって……」

一人が悲しそうな目を向けた。豪がうなずく。

「フェイスレスはおしまいだ」

豪は言い切った。その言葉に一人は顔を曇らせ、もう一人は口元をゆがめて涙ぐんだ。

「祭りは終わった。次の人生を探せ」

「豪さんは……愁斗さんはどうするんですか？」

「俺たちも後始末したら、次の人生を始める。またどこかで会えたらいいな」

豪が微笑んだ。

二人は深々と頭を下げた。そして、玄関ドアの向こうに走り去った。

二人を見送りつつ、豪も表に出た。

スマホを取り出し、愁斗に連絡を入れた。

「兄貴。仕込みはできたよ。あとはよろしく」

そう言って、ビルを見上げ、ゆっくりと街の中に消えていった。

成尾はテーブルに置いたスマートフォンに何度も何度も目を向けた。

「何やってんだ、豪は！」

独りで怒鳴り、銃を握り直す。

触ったことはあるが、使ったことはない。できれば、こんなもの使いたくはない。

成尾はハイバックの椅子に深くもたれた。大きく息をつくと、過去の自分が頭をよぎる。

自分でもわかっている。自分は決して、腕っぷしが強い方でもなければ、度胸がある方でもない。

なんとなく、半グレの連中がかっこよくて、つるんでみた。

ちょっとしたトラブルを解決すると、周りの者たちが成尾に一目置くようになった。相手方に偶然知り合いがいただけなのに、後から入ってきた後輩たちは、成尾を持ち上げた。

別グループとの抗争はしょっちゅうあった。

成尾は仲間が争っている時には雲隠れし、雌雄が決する頃に現われて、当事者感を醸し出すのがうまかった。

成尾の性格を知っている上の者たちや仲間は、成尾をバカにしていた。成尾も、何を言われても笑っていた。本当のことだし、逆らって目をつけられるのも面倒だった。

そのうち、強い者たちは成尾にかまわなくなった。

しかし、それが成尾にとって有利に働いた。

上の者たちは、抗争で潰されたり、強盗傷害事件などを起こして逮捕されたり、あるいは平穏な生活を求めたりして、次々とリタイアしていった。

気がつけば、古参は成尾だけとなっていた。

成尾は後輩たちに担がれ、フェイスレスを組織した。

周りからバカにされていた成尾が作ったグループなど、当初は誰も相手にしなかった。

成尾も、小さいながらも自らのお山の大将でいられれば良かった。

そこに入ってきたのが柏崎兄弟だ。愁斗と豪が加わると、フェイスレスの様相は一変した。

愁斗と豪は、まずは二人で、同規模の半グレグループを潰していった。その強さと度胸に心酔した者たちが集まり、勢力を拡大していく。

あまりに急速に大きくなっていく組織に、小心者の成尾は怯(ひる)んでいた。柏崎兄弟が鉄壁となって前面に立つと約束してくれ、成尾は組織の顔としてふんぞり返っていればよかった。だがそれも、渋々ではあった。

愁斗たちが奪ったシマからの上がりは成尾がおののくような額となり、柏崎兄弟の力と資金力で、都内でも有数の半グレ集団になり上がっていった。

初めは怯えていた成尾も、このままいけば、裏社会の顔役になれるかもと期待するようになった。

島内組に襲われた時は終わりかと思ったが、黒波のおかげで逃げ果せた。

ツキもある。

愁斗たちが池袋を獲ると言った時、ここが人生の勝負どころだと腹を決めた。

関東広域連合をねじ伏せて、半グレ集団を結集できれば、成尾の名声は轟き、裏社会の顔として君臨できる。

これまで自分をバカにしてきた連中に、指先一つで最大の屈辱と恐怖と死を与えることができる。

このままいけば。このまま……。

しかし、夢をつかむ手前で、最大のピンチを迎えた。

警察に捕まれば、懲役は免れない。今回の抗争による逮捕者は大勢いるから、刑務所内にも敵は多い。

うまく逃げても、今度は関東広域連合に追われる。海外に高飛びして、ほとぼりを冷ますのもいいが、帰ってきた頃にはすっかり自分のことは忘れ去られているだろう。

忘れられるならいいが、帰国後もしつこく狙われれば、確実に命を落とす。

やっぱり、俺は器じゃなかったのかな……。

今頃になって、後悔の念が湧いてくる。

最初はちょっとだけ、ワルの雰囲気を味わいたかった。仲間うちで少しだけいい思いをして、さっさと抜けられればよかった。

こんな大ごとになるとは思いもしなかった。

いっそのこと、死んじまったほうが……。

手元の銃を見つめる。

だが、自分で死ぬ勇気もない。

まだ、わずかだが希望はある。愁斗と豪が金と暴力で巻き返してくれれば、人生は再び好転する。

「そうだ。まだ、勝負はついちゃいねえ」

成尾は顔を上げた。

その時、ドアの向こうで足音がした。

「豪か？」

声をかける。

一瞬、足音が止まった。ガチャガチャとドアの鍵を開けようとする音がした。二つ三つと足音が増える。

　成尾の顔が引きつった。

　とっさに銃を持つ手を上げた。

『殺らなきゃ、殺られますよ』

　豪の声が脳裏でこだまする。

　ドアに勢いよくなにかがぶつかる音が響いた。

　金属製のドア枠がゆがむ。

　成尾の指が引き金を引いた。発砲音が轟く。二発、三発。止められなかった。

　ドアに無数の穴が開く。悲鳴が轟き、ドアが開いた。撃たれた男が室内に倒れ込んできた。入ってきた風で白煙が揺れる。

　成尾は目を見開いた。

　濃紺の機動隊服に身を包んだ警察官だった。その後ろにも警察官がひしめいている。

「なんで、サツが……」

　呆然として、銃口を警察官たちに向けたままだった。

　発砲音が響いた。肩口に弾丸がめり込んだ。左半身が弾かれ、背もたれに背を打ちつける。

「違うんだ！」

成尾は手を上げようとした。が、焦ってしまい、また引き金を引いてしまう。弾丸が天井をうがつ。

なだれ込んできた警察官が一斉に発砲した。身体の前面に次々弾丸が食い込む。

「待ってくれ！　まって――」

成尾の目から涙がこぼれた。

弾丸の一発が右前頭部に当たった。頭蓋骨が砕け、脳みそと血が花火のように飛び散った。

成尾は背もたれに頭を預けた。開いた目は力なく宙を見据えている。

成尾の夢は、ここで潰(つい)えた。

2

成尾が警察によって射殺されたことで、フェイスレス及びFは壊滅した。

Fに参加していた半グレ集団たちは散り散りになって逃げまどい、関東広域連合は残党狩りを進めた。

警察は残党狩りをしている暴力団員を次々と摘発していった。

Fを潰して意気揚々としていた暴力団関係者も、今度は自分たちだけが的にかけられることとなり、その力を漸減させられていた。

そこで、関東広域連合内の有力組織である美濃部一家が抗争の終結宣言を出した。

だが、当局はこれを頂上作戦と位置づけ、関東広域連合に参加している暴力団が音を上げるまで追い込んだ。

総長の美濃部は、社会に甚大な混乱を招いた責任を取り、関東広域連合の解消と美濃部一家の解散を警視庁に届け出た。

これは、裏社会の一大事件となった。

警察庁は美濃部一家の解散をもって、一連の抗争事件の終息を宣言した。

凜子は、新宿中央病院の最上階にある特別個室を訪れた。

護衛の警察官に挨拶をし、ノックをしてドアを開ける。

「先生、具合はいかがですか？」

顔を覗かせると、丹羽幸太郎は窓際のソファーに座っていた。

「この通り」

丹羽は微笑んで、手を広げてみせる。が、すぐ顔をしかめて、刺された側の腹を少し押さえた。

「もう。無理しないでください」

凜子は少しふくれっ面を見せ、歩み寄った。

テレビがついていた。

「見たかい、このニュース」

丹羽が画面に目を向ける。

テレビでは、暴力団と半グレ集団の抗争終結と関東広域連合の解消、および美濃部一家解散のニュースをセンセーショナルに伝えていた。

そのきっかけとなった、丹羽への襲撃事件も伝えられている。

丹羽の名前は全国区になっていた。

凜子は丹羽の隣に座った。

「見ました。先生の命がけの演説がきっかけで、ここまで来ましたね」

凜子が微笑む。

「まだまだ序の口。これからだよ、浄化が始まるのは」

丹羽はテレビを睨んだ。

凜子はその横顔に少し狂気を感じた。

「事務所の方はどうだい？」

丹羽が訊く。

「もう、大変ですよ。先生への激励の電話やメールがいっぱい届いていますし、国政の与野党の先生方から、一度お会いしたいとの連絡も絶えません。若い人たちからの政治献金も増えています」

「それはありがたい」

「先生、今の勢いなら、次の国政選挙は狙えますね。どの政党から公認をもらうおつもりですか？」

　凛子はさりげなく訊いた。

「新党を起ち上げるつもりだ」

「新党ですか！」

　凛子が目を丸くする。

「既存の政党では、この国は変えられない。僕の行動に賛同してくれる志を持った若い人たちで一大勢力を作りたい。それはいずれ、この国の基幹を成す政治勢力となるだろう。僕の役目は、その礎を作ることだ」

　丹羽は自身の言葉に酔っているようだった。

「そのサポートを君に頼みたい。もちろん、僕に伴走してくれるね」

「そのつもりです」

　凛子が笑みを深くする。

「僕の退院は一週間後に決まった。退院してすぐ、記者会見を開くつもりだ。草稿を作るので、チェックしてもらえるかな？」

「私でよろしいんですか？」

「君に最初に見てほしいんだ。僕の夢を詰め込んだ原稿をね」

丹羽が凜子を見つめる。

「わかりました。けど、先生」

凜子は丹羽を見つめ返した。

「退院までにはきちんとお体を治してください。私がまだ記者会見を開けないと判断したら、やめてもらいますから」

「それは……」

「それが、パートナーの務めですから」

そう言うと、顔をスッと近づけ、頬にキスをした。

丹羽は驚いて目を見開いた。凜子の肩に手を伸ばそうとする。

凜子はするりと抜けて、立ち上がった。

「事務所に戻りますね。スタッフさんたちに、今後の予定を伝えて、準備しなければなりませんので」

「そうだね。よろしく頼む」

「そろそろ寝てください」

凜子は微笑んで背を向けた。

とたん、凜子の顔から笑みが消える。

動きが早いわね……。

事態は予測より速く進んでいるようだった。

3

神馬と愁斗は、豪と合流し、三人で元衆議院議員奥塚の私邸に出向いた。

いつものように智恵理に案内され、応接室へ入ると、周藤と島内組の幹部・辻森、一岡連合の幹部・南部の姿があった。その他、初めて見る壮年男性の姿もある。

「ご苦労。座りなさい」

奥塚が招く。柏崎兄弟は二人掛けのソファーに、神馬は一人掛けのソファーに座った。壮年男性と向かい合わせになる。

「久しぶりですね、黒波さん」

男性は親しげな笑みを向けてきた。

「黒波さん、宇佐美さんを知っているんですか？」

豪が訊く。

「宇佐美？」

神馬が男性を睨む。

「黒波さんには、石渡と名乗る方がいいかもしれませんね」

男性が微笑んだ。

「石渡……あんたか！」

神馬は目を開いた。

かつて石渡は、一般企業の株主総会を混乱させ、騒動を治めることで莫大な報酬を得る凄腕の総会屋だった。

神馬が出会った頃は、総会屋とは言わず、物言う株主と言われていた。

物言う株主は、ファンド会社として対象企業の株式を買い増し、議決権に影響力を持って会社を意のままに動かそうとする者がほとんどだが、中には昔の総会屋と変わらない手法を使っている者もいる。

神馬は一度、フロント企業から石渡対策を頼まれ、対峙したことがある。

脅せば引き下がりそうな面構えだったが、実際、相対してみると、骨の折れる相手だった。

脅しはまったく効かなかった。神馬を前にしても一歩も引かない眼力で、神馬たちを追い返した。

ならば、議決権を行使させないように株主総会の前に拉致監禁しようとすると、ボディーガードのような者たちが現われ、神馬たちと戦った。

その連中は、ヤクザともＳＰとも違う、独特の戦闘術を使う精鋭だった。

「石渡……いや、宇佐美さんでいいのか？」

「ええ。本名は宇佐美です」

「宇佐美さん、あんたをガードしていたのは何者なんだ？」

「ああ、私を拉致しようとした時の話ですね。あれは……よろしいですか？」

宇佐美は奥塚の方を見た。

「彼をガードしていたのは、元傭兵だ」

奥塚が答える。

「なんで、兄貴が知ってんだよ」

「なぜって、宇佐美君は私の指示で動いていただけなのでね」

奥塚が言う。

「そういうことです、黒波さん。商法が改正されるまでは、私がグループを組んで、あちこちの会社から報酬をいただいていたわけですが、だんだん総会屋排除の流れが厳しくなってきましてね。そろそろ廃業かなと思っていた頃に、奥塚先生から声をかけていただいたんですよ」

「宇佐美君の交渉術はたいしたものだったからね。その度胸と才能を埋もれさせるのは惜しかったというわけだ」

「でしょうね。おれを前にして一歩も引かなかったヤツはそういない。数少ない、肝の据わったヤツの一人だ、宇佐美さんは」

神馬が言う。

三人の話を聞いている柏崎兄弟の顔が少々強ばっている。

宇佐美はフェイスレス系列のデリバリーヘルスの管理者をしていたのだという。柏崎兄弟としては、顔も知っていたし、話したこともあったが、まさかそこまでの人物だとは思っていなかったようだ。

「宇佐美さんは石渡さんでしたか。うちらの業界でも、総会屋の石渡グループは有名でしたよ。一度食いつかれたら、骨の髄までしゃぶられるってね」

辻森が言った。南部がうなずく。

「まあ、昔話はそこまでだ」

奥塚のまとう空気が変わった。

全員が奥塚に顔を向ける。

「さて、諸君ももう知っていると思うが、本日、美濃部が関東広域連合の解消と美濃部一家の解散を宣言した。これで、首都圏における反社会的勢力の影響力は大幅に低下した」

奥塚が語る。

全員が、奥塚からシナリオを聞いているためか、驚いて何かを問う雰囲気はなかった。

「一週間後、暴漢に襲われた丹羽君も退院し、記者会見を開く」

「襲ったのは半グレの跳ね返りだと聞いているが、本当なのか？」

神馬が奥塚を見やる。

「仕込みはすると言っただろう」

奥塚は含み笑いを浮かべた。

そういうことか、と神馬は納得する。つまり、暴漢は奥塚の仕込みで、はなから丹羽を殺すつもりはなかったということだ。

正義を声高に訴える者が、反社会的勢力の暴漢に襲われ、一命を取り留める。わかりやすい構図だが、生還した者は大衆のヒーローとなる。

単純だが、何かを仕込むときは、このくらいわかりやすい方がうまくいく。

奥塚は全員を見回した。

「記者会見の席で、丹羽君は新党結成を宣言する。私が後見人となる」

奥塚が言い切った。

「いきなりの新党起ち上げとなれば、当然、与野党かまわず潰しにかかってくる。君たちは二班に分かれて、新党をサポートしてもらいたい。一班は、辻森君と南部君を中心とした裏関係の交渉を担当してもらう。そっちには黒波君と宇佐美君の下で働いている渕上君のグループを合流させる。いいかな、黒波君？」

「もちろんだよ。よろしく」

神馬は辻森と南部を見て、軽く頭を下げた。二人もうなずく。

「もう一班は宇佐美君を中心とした資金調達班だ。そっちには愁斗と豪、ジョーさんにも加わってもらいたいが」

奥塚が周藤を見やる。

「どうして、私がこちらに？」

周藤が訊く。

「調達先には、外国人勢力が関わってくることもある。君のように、海外の裏関係に明るい者がサポートしてくれると心強い」

「わかりました。引き受けましょう」

周藤が首肯する。

奥塚もうなずいて、全員を見渡した。

「丹羽君が新党を起ち上げることは、それとなく匂わせている。さっそく、様々な面々が動きだしているだろう。一週間後の起ち上げを阻止されないよう、すぐ動いてもらいたい」

「美濃部さんは？」

神馬が訊いた。

「彼は関東広域連合の有力者だ。とりあえず、しばらく刑務所で務めることになるだろう。しかし、それはいい禊となる。美濃部君は戻ってきて、警備会社を興すことになっている。そこに君たちが合流すれば、すべての禊を終えることになる。その頃には、丹羽君の新党も相当の力を持っていることだろう。そこで政権奪取を狙う」

奥塚が言い放った。

どうやら本気のようだった。

「しかし、それはまだ先の話だ。今は一週間後の記者会見を無事に成功させること。ここに注力してもらいたい。諸君、日本の新たな夜明けが始まる。ここからは一蓮托生(いちれんたくしょう)だ。よろしく頼む」

奥塚は太腿に手を置いて、頭を下げた。

格下の者にも必要とあらば頭を下げる。さすが、海千山千(うみせんやません)の元政治家だった。

急がなきゃならねえな——。

神馬は全員を見渡す中で、周藤を見やった。

周藤は奥塚をまっすぐ見つめていた。

4

菊沢義政はその日も窓際の席で大あくびをし、適当にキーボードを叩きながら、うとうとしていた。

総務部長の山田が、ちらちらと菊沢を見ては歯ぎしりをしている。菊沢も山田の様子には気づいていたが、素知らぬふりをしていた。

と、デスク上の内線電話が鳴った。

気だるそうに受話器を持ち上げる。

「はい、総務の菊沢」

だらしない返答に、山田のこめかみがぴくっと動く。

「おー、加地さん。もう大丈夫なんですか？」

菊沢の声が大きくなる。

周りの職員は、いつものことと思い、失笑していた。

「はい。ああ、いいですよ。すぐに行きます」

菊沢は言い、電話を切って立ち上がった。山田のデスクに歩み寄る。

「部長」

「また、将棋でしょ！　はいはい、いってらっしゃい！　もう帰ってこなくていいですからね！」

　キンキン声で怒鳴り、菊沢を睨む。

「将棋をさしに行くわけじゃないんですが、とりあえず、いってきます」

　ぺこっと首を突き出して頭を下げ、菊沢は部屋を出る。

「本当に帰ってこなくていいですからね！」

　山田は、菊沢の背中に嫌味を浴びせた。


　菊沢は警視庁本部庁舎地下二階の空調管理室に降りた。事務所を覗くと、加地しかいなかった。

「お疲れさん。若いのは？」

　菊沢が加地に声をかける。

「私の姿を見るや、さっさと現場に行ってしまいました」

「嫌われたもんだな、お互いに」

　菊沢は苦笑した。

「で、蟻(あり)の件は落ち着いたのか？」

真顔になり、訊いた。

「だいぶ整いました。拘束者の管理は、直接職員が接触しないよう手を打ちまして、首謀者である篠原潤也（しのはらじゅんや）に賛同した反乱者も全員身柄を押さえて、今、再教育しているところです」

加地の目が鋭くなる。暗殺部処理課、通称〈アント〉の長たる非情さが滲む。

加地の言う〝教育〟とは、洗脳に近いものだ。〈蟻の巣〉で働いていたことを口外させないため、恐怖を植え付け、口を塞ぐ。

その後は、アントに残る者もいれば、警察官として表の現場に戻る者、警察を辞めて一般企業に勤める者など、様々な道を辿ることになるだろう。

しかし、どの道へ進もうが、暗殺部やアントのことを少しでも外に漏らせば、処理課、もしくは第三会議調査部が迅速に動き、処分することとなる。

それを徹底的に刷り込むのが、〝教育〟だった。

これまでは、無断で欠勤し姿を消したり、ミスや不祥事を起こして退職したりする者に行なってきた処理だ。人数も多くなかった。

だが、今回は数十人単位で教育を行なわなければならない。加地の顔つきが険しくなるのも仕方がない。

「行きましょうか」

加地が立ち上がった。菊沢もうなずき、加地に続く。

フロアの奥へ進み、壁の穴にディンプルキーを差し込む。

「加地君、アントは仕事ができる状態なのか?」

加地が壁に偽装された扉を開ける前に、菊沢は確認した。

「直轄(ちょっかつ)の精鋭は揃えています」

「なら、安心だな」

微笑む。

加地がキーを回すと壁が微かな稼働音とともに開く。中へ入り、壁が閉まると、室内の明かりが自動的に灯(とも)った。

機器に囲まれたデスクの前に座り、システムをオンにする。壁に並んだモニターの中央の一つだけが起動し始める。モニターの中に男が現われた。

ミスターD、岩瀬川だ。いつもなら五つあるモニターすべてに関係者が映し出されるが、その日は岩瀬川だけだった。

——ご苦労。報告書は読ませてもらった。急がねばならんようだな。

岩瀬川は眉間(みけん)に皺(しわ)を寄せた。

菊沢も険しい表情で首肯する。

今回の暗殺部一課メンバーの潜入は、第三会議調査部にもたらされた一つの情報を端緒(たんしょ)

としたものだった。

奥塚が動こうとしている。

匿名のタレコミだったが、第三会議はかねてから、元国会議員の奥塚兼造の動きをマークしていた。

奥塚兼造は、今でこそ与党の元大物議員としてその名を知られているが、かつては左翼過激派として、公安に逮捕された経歴を持つ人物だった。

奥塚は刑務所の中で、時の権力者、浜中栄の著書を読み、その感想を手紙にしたため、獄中から送った。

それを読んだ浜中は、自ら刑務所へ面会に出向き、小一時間ほど話をした。

面会で語られた浜中の日本再建の理念に共感し、その器の大きさにも心酔して、奥塚は百八十度自身のイデオロギーを転換した。

浜中は政敵が多く、大疑獄の生贄にされ、志半ばで政界を去ることとなったが、奥塚は浜中の地位を引き継ぎ、総理総裁にはなれなかったものの、与党内で絶大なる権力を持つ重鎮となった。

老境の奥塚は傀儡となる首相を立ててキングメーカーになるだろうと目されていたが、衆議院議長の任を解かれると同時に政界を引退した。

この奥塚の行動は、様々な憶測を呼んだ。

重病説、野党鞍替え説、スキャンダルが噴き出す前の逃亡説など。その中に、新党を結成するのではないかという噂もあった。

重鎮だった政治家が引退後に新党を起ち上げるということ自体は、特別なことでもない。

ただ、奥塚の経歴と浜中栄の思想は、警察関係者も注意していた。

浜中栄が説いたのは、日本国中のインフラを含め都市の構造自体を根本から変えようという思想だった。そのためには、古き日本を一度破壊し、再生する。国家というスケールのスクラップ&ビルドを提唱していた。

浜中が活躍していた当時、日本のインフラはまだまだ整っていなかった。なので、浜中の構想は、当時としては画期的で、多くの支持を得た。

だが、現代にこの構想を当てはめることについて、岩瀬川をはじめとする第三会議は危惧を覚えていた。

日本を支えてきたシステムの再構築が必要な時期ではあるものの、極端なスクラップ&ビルドはただのテロ行為でしかない。

奥塚の経歴が経歴だけに、思想が偏重し、暴走する危険性も捨てきれなかった。

そこで、岩瀬川はD1メンバーを個別に潜入させることにした。

暗殺部として動かなかった理由は二つ。一つは、問題がなければそのまま長期監視下に置くため。もう一つは、奥塚が暗殺部の存在を知っている可能性があったからだ。

奥塚の情報源は多岐にわたる。最高機密といえる暗殺部の情報がどこからか漏れていてもおかしくはなかった。

「奥塚はクロですか？」

菊沢が岩瀬川に訊く。

クロと判断すれば暗殺部が処理をすることになる。だが、政界を、日本を牛耳る大物を暗殺することは、大きなリスクだった。

——もう一つ、決定的な何かが欲しい。上層部には、進行中の反社会的勢力の掃討を支持している者もいる。今、奥塚を潰せば、一部に反発が出て、第二、第三の奥塚を生むことにもなりかねない。

岩瀬川は苦悩を滲ませた。

「わかりました。もう少し探らせます。期限は？」

——三日。新党を立ち上げさせてしまえば、潰すのが難しくなる。一週間後の新党結成会見までには決着を付けたい。

「承知しました」

——頼んだぞ。

そう言い、岩瀬川の映像が切れる。

「さて、どうするか……」

菊沢はデスクに肘をついて組んだ手に額を乗せ、深く息をついた。

5

智恵理はその日、休暇を取り、西新宿にあるD1オフィスに出向いていた。

菊沢からの指令が来たからだ。

奥塚の真意を探れ――。

智恵理は、散り散りに潜入しているD1メンバーにメッセージを入れた。

これまでに判明したことを報告するようにと。

次々とメンバーから報告が届いた。

上がってきたデータにざっと目を通し、時系列や系統でまとめ上げていく。

そして、改めて検証する。

奥塚は引退した頃から、新党結成を計画していたことがうっすらと見えてきた。

D1メンバーの報告からは、奥塚が暴力団を取り込み、半グレにもその影響力を広げながら、新党結成のため、政治家育成講義などを通じて党首となりうる若きリーダーを探していた様子が見て取れた。

智恵理の前の女性秘書から預かったデータでは、奥塚が私財を投入して、インサイダーとも思える金融取引と宇佐美を使った総会屋まがいの行為で資金を作っていたこともわかってきた。

これらは警察も把握していたが、確たる証拠がなく、逮捕には至っていない。

また、この行動が、奥塚の過去の信条や活動歴と関係しているとも見られていなかった。

資金力を得た奥塚は、徐々に新党結成に向けた動きを加速させ、現在に至っている。

しかし、それらはすべて、引退後の奥塚だ。

それ以前のことがわからない。

智恵理は過去の新聞や週刊誌の記事を辿ってみた。

すると、ある情報に目が留まった。

奥塚は引退前に外遊をしていた。首相の親書を携えての各国外遊ということになっていた。

中国、ロシア、ヨーロッパの西側諸国への来訪は納得がいく。

だが、奥塚はそこから中東やアフリカ、東南アジアの一部の国にも立ち寄っている。

そのうち、首相の親書が届けられたのは数カ国のみ。あとは、奥塚の私的訪問だったようだ。

多くの記事は、奥塚の与党国会議員としての勤続に対する、税金を使った慰安旅行ではないかと批判していた。

一見すると、智恵理にもそう思えた。

が、ふと神馬の報告を思い出した。

かつて神馬と争い、宇佐美を守った者が、奥塚が手配した元傭兵だったという話だ。

奥塚は引退前から美濃部に通じていた。宇佐美の護衛なら、美濃部の手の者を使えばいい。わざわざ元傭兵を雇う必要はないだろう。

実のところは美濃部が手配したものとも考えられるが、慎重な奥塚が、傭兵という不確かな存在に大事な仕事を任せることを容認するとも思えない。

「本当に傭兵だったの？」

脳裏に浮かんだ疑問を口にしてみた。

智恵理はすぐ菊沢に連絡を入れた。

6

神馬は、辻森たちと共に、渕上のグループと合流していた。

渕上のアジトに出向いた時、そこに伏木と栗島の顔を認め、思わず心の中で笑ってしまった。

奥塚の予想通り、新党結成を察知した者たちが動き始めていた。

特に、関東広域連合の枷を外され、警察の掃討作戦から逃れた暴力団や散り散りになった半グレ集団は、なんとか新たな利権に食い込むべく、水面下で縄張り争いをしていた。

新たな政治勢力へ食い込むには、資金力と頭数が必要だからだ。

話し合いをして共闘する組織もあれば、潰し合いをしている組織もある。

辻森と南部は、部下を街に放って、そうした動きについての情報を集めさせた。

そして、目立った動きをする組織を見つけると、神馬や渕上たちを動かし、早々に芽を摘んだ。

使い走りのような役割をさせられ、神馬は少々腹立たしかったが、奥塚のために献身的に動く姿を見せておくには都合がよかった。

南部はソファーに深くもたれ、スマホを握っていた。

「ああ、ああ……ちょっと待て」

そう言い、スマホを耳から離して、向かいに座っている神馬に目を向ける。

「黒波、新宿の皆本会の連中が、半グレの連中と争っているらしい。収めてきてくれねえか」

「何人、ぶち殺しゃいい？」

「殺しはやめてくれ。動けなくなれば、それでいい」

　南部が笑う。

「わかったよ」

　神馬は黒刀を持って立ち上がった。

「一人で大丈夫か？」

「チンピラだろ？　任せとけ」

「俺も行きますよ」

　伏木が手を挙げた。

「いらねえよ。雑魚は引っ込んでろ」

　神馬が伏木を睨む。

「そうだな。手は多い方がいい。渕上、香田を預けていいか？」

　辻森が渕上を見やる。

「大丈夫です。こっちは足りてますんで」

　渕上は首肯した。

「ということだ。黒波さん、香田と一緒に仕事してくれ。瓜田、二人を新宿まで送ってやれ」

　辻森が命じる。

「承知しました。駐車場で待ってます」

栗島は頭を下げ、部屋を出た。

「邪魔すんじゃねえぞ」

神馬は伏木を睨みつけ、先に出る。

「では、行ってきます」

伏木は辻森たちにぺこぺこと頭を下げ、後に続いた。

部屋を出て、エレベーターで一階に降りた。外に出て、隣の駐車スペースに停まってい
る白いワゴンに乗り込む。

伏木がスライドドアを閉めると、三人は同時に息をついた。

「クラウン、危ねえ真似するなよ」

神馬が深く息をつく。

「ほんと、サーバルについていくって手を挙げた時は、僕も驚きました」

栗島はバックミラーを覗いて、笑みを見せた。そして、車を発進させる。

「ちょっと、二人に話したいことがあってな。別々に伝えようと思ってたんだけど、三人
になる機会が作れてよかった」

伏木はスマホをポケットから出した。

「話って、なんだ？」

「ツーフェイスから、俺の情報班専用アドレスに指令が来た」

伏木の言葉に、神馬と栗島が真顔になる。

「前にサーバルが宇佐美を襲った時、相手側にいた元傭兵の正体を探れ」

「あ？　どういうことだ？」

「その元傭兵を、奥塚がどこから連れてきたのか。そもそも本当に元傭兵なのか。そこが知りたいということだ」

「なんで、そこにこだわるんですか？」

栗島が運転しながら訊く。

「奥塚に、かつて左翼過激派だった過去があるからだよ」

伏木が答える。

「過激派か……」

神馬は刀を肩に預け、腕を組んだ。

当時の戦闘を思い出す。

人数は五人。こちらも神馬を含めて五人。敵はがっちりした体格の者もいれば、細身の者もいた。

神馬は、ナイフを手にした者と戦った。

男は小指側から刃が出るよう、グリップを逆手(さかて)に持って体の正面で8を描くように振り、ステップを踏みながら左右に動いた。

この動き自体は、おそらくシラットを基本とした戦闘術だろうと感じた。シラットは東南アジアに伝わる伝統武術で、ジャングルでのゲリラ戦闘を想定した暗殺術だ。カランビットという湾曲したナイフを使うのが特徴だった。

男はカランビットがなかったので、ナイフを逆手に持ったのだろうと思われた。肘先を巧みに動かす素早い攻撃に、苦戦したのを覚えている。

武器を持たずに戦っていた者たちは、腕をハの字に立てて正面に構えている者が多かった。

たぶんこれはイスラエルで考案された、クラブ・マガのような軍隊用の近接戦闘術と思われた。彼らの戦い方を思い出すと、奥塚の言った〝元傭兵〟という言葉も納得できる。

しかし、一人、おもしろい技を使う者がいた。

木製の杖(つえ)を使った戦闘だったが、杖の先は尖っていて、矢じりのようになっている。それを突くだけでなく、水平に振ったり、切りつけたりして戦っていた。

素手でかかっていった者は、思わぬ攻撃に負傷した。

神馬が相手をして、杖を真っ二つにすると、なおも鋭角な断面を利用して攻めてこようとした。

「何か思い出したかい?」

伏木が、考え込む神馬を見て、訊く。

「先の尖った棒を振り回す攻撃って、何かわかるか？」

「杖術か槍術じゃないか？」

「いや、そんな感じじゃねえんだよ。柄のところを持って、ぶんぶんと水平に振り回すような……」

「それ、ひょっとして、バットとかスコップを振り回す感じですか？」

栗島が前から声をかける。

「そうそう、そんな感じだ」

神馬がうなずく。

「だったら、ゲリラの戦闘術かもしれないですね」

「知ってるのか、ポン？」

伏木が訊く。

「それがそうなのかはわかりませんけど、自衛隊にいた時、対ゲリラ戦を想定した訓練の中に、敵がスコップや鍬を持って襲ってきた時の対処法もありました。日本ではあまり使われることはないんでしょうけど、海外に派兵している軍隊だと、地元の農民たちに急襲されることもあります。その時、彼らが使うのが農具です。ベトナム戦争では、手近な道具を使っての近接戦闘でやられた兵隊も多かったみたいですから、そうした訓練項目も設けられています」

「サーバルが戦った相手がゲリラ戦を知っているとすれば、奥塚の過激左派時代の仲間だったということも考えられるな」

伏木がつぶやく。

「そんなに年寄りじゃなかったぞ」

「であれば、奥塚の仲間が国内、もしくは海外で育てた戦闘要員」

伏木の推理が、神馬と栗島の腑に落ちる。

「仕掛けてみるか」

神馬が言う。

「どうやって？」

伏木が訊くと、神馬はにやりとした。

7

周藤は、宇佐美と共に新潟港にいた。愁斗と豪の兄弟も同行している。

波止場には、豪が運転してきた車が停まっている。その眼前には、中国船籍の貨物船が停泊していた。

周藤たちは、乗組員に案内され、船長室へ来ていた。中へ入ったのは周藤と宇佐美の二人。外には愁斗と豪が待機していた。

宇佐美は座っていた。周藤は宇佐美の後ろに立っている。周藤の手にはアタッシェケースがあった。ケースの取っ手は周藤の手首に手錠で繋いでいる。

正面には船長がいた。インドネシア人だ。その後ろに副船長のフィリピン人がいた。

テーブルに小さなアタッシェケースが置かれた。天板がぎしりと音を立てる。

「どうぞ、お確かめを」

船長がにやにやしながら、なまりのある英語で言う。

宇佐美はアタッシェケースを開いた。

中からまばゆい黄金色の光が目に飛び込んできた。

金だった。プレート状の金地金が、ぎっしりと詰め込まれている。

三十キロはあるだろう。時価にして三億円相当になる。

このところ、金の価格は右肩上がりで、連日最高値を更新している。それに伴って、消費税差分で儲けようとする金の密輸も増えていた。

ただ、今、宇佐美たちの前にある金は、単なる密輸品ではない。もっといわくつきのものだった。

宇佐美は地金を一枚手に取った。手元で刻印を確かめたり、色や重さを確認したりしている。合金ではないかと、確認のため磁石を近づけてもいた。

周藤は船長と副船長の様子を見ていた。副船長が後ろに手を組んでいるのが気になる。

「どうです？　いい地金でしょう？」

船長が笑みを濃くする。

宇佐美はテーブルの角で、地金を打った。へこみ具合や剝離がないかを確認する。

ここで金が剝がれれば、メッキということになるが、宇佐美の手の中にあるのは本物のようだ。

色味も周藤が宇佐美の肩越しに見る限り、鮮やかな黄金色で、二十四金にふさわしい輝きを放っていた。

宇佐美は確かめた一枚をテーブルの脇に置いて、もう一枚を手に取った。同じように、ていねいに品物を確かめ、脇に置き、また一枚取る。

「ミスター宇佐美、いつまで調べるんだ」

船長が苛立った口調で訊ねる。

「すべて、調べさせてもらいますよ」

宇佐美はさらりと答え、作業を続ける。

「長居されると困る。早く取引を済ませて出て行ってくれ」

船長が急かす。

目の前にある地金は盗品だった。中国の窃盗団が盗んできたものを船長が預かり、日本で売り捌くよう指示されている。

正規の金価格で売買すれば三億円になるところを、一億円で売却することになっていた。

宇佐美は、奥の地金を取って、テーブルの角に叩きつけた。金色の表面が剝がれ、下に茶色い金属が覗いた。

「これはメッキだね」

宇佐美が顔を起こして、船長を睨む。

「いや、そんなはずはない！」

船長が身を乗り出す。

その時、副船長の右腕が動いた。

周藤は手にしていたアタッシェケースを振った。船長が首を引っ込める。ケースが副船長の横っ面を襲った。

副船長が左側に吹っ飛び、棚に倒れ込む。積まれていた書類がバサバサと床に落ちた。

周藤はテーブルを踏んで船長を飛び越え、副船長の顔面に膝蹴りを入れた。副船長の顔が歪む。勢いで壁に後頭部を打ちつける。

副船長が狭いスペースにずるずると沈んでいく。

その右手には、二十二口径のリボルバーが握られていた。

周藤は左手で銃を奪い取った。船長の後頭部に銃口を当てる。

船長は前屈みになったまま、動きを止めた。

宇佐美は船長の顔を覗き込んだ。

「私はね、誠意ある者には誠意で応(こた)える。しかし、人を陥(おとしい)れようとする者には容赦しない」

船長の耳元で、英語でささやく。

船長は顔を曲げて、宇佐美を見た。

「逃げられると思うのか？　ここから無事に出たけりゃ、金を置いていけ」

ドアの向こうで数発の銃声が轟いた。悲鳴が上がる。

「ほら、あんたの仲間が殺(や)られちまった」

船長は勝ち誇ったような笑みを浮かべる。

「そうかな？」

宇佐美は上体を起こした。

「愁斗君！」

ドアの向こうに声をかけた。

ドアが開く。そこに立っている者を見て、船長の顔が強ばった。

「宇佐美さん。いきなり襲ってきたんで、五人ほど殺してしまいましたが、どうしましょうか」

　愁斗は船長を見据えた。

　周藤が愁斗の言葉を英語に翻訳して、小声で伝える。

　船長は色を失った。

「大丈夫。こちらの船長さんが、公海上で処分してくれますから」

　宇佐美は微笑んだまま、船長を見つめる。

　同じことを英語で船長に言い、念を押す。

「それでよろしいね？」

　船長の背後で、周藤が撃鉄を起こした。

　船長は何度も何度も首を縦に振るしかなかった。

「あなたにこの地金を預けたオーナーに伝えておいてください。我々が日本人だと思って、軽く見ているのなら――」

　宇佐美が顔を近づける。

「すべてを失いますよ、と」

　鋭い眼光で船長を射貫く。

　船長の体が硬直した。今にも倒れそうなほど、顔が真っ白になっている。

「ジョーさん、ケースを」

　宇佐美に言われ、周藤は手錠を繋いだままアタッシェケースを置いた。

　宇佐美がケースを開く。

「三枚は本物だったようですから、これだけは買い取りましょう。相場が約三千万円なので、これでいいでしょう」

　宇佐美は百万円の束を五つ、テーブルに置いた。

「これじゃあ、少ない……」

　船長が文句を言おうと顔を上げた瞬間、周藤が発砲した。壁に弾丸が食い込む。

　船長はびくっと跳ね上がり、椅子に腰を落とした。あまりの恐怖で失禁している。

「では、これで」

　宇佐美がケースを閉じる。

　部屋を出た宇佐美の前を愁斗がガードする。宇佐美の後ろには周藤が、しんがりは豪が務めた。

　狭い通路を抜け、甲板に出る。鋭い視線は感じるものの、船員たちは手出ししてこなかった。

　タラップを降り、車に乗り込む。宇佐美が運転席の後ろ、周藤が宇佐美の横、助手席には愁斗、豪が運転席に座り、エンジンをかける。

そして、何事もなかったように車を出した。

波止場を出ると、愁斗と豪は深く息をついた。

「いやあ、死ぬかと思いましたよ」

豪が笑う。

「ジョーさん、必ず襲ってくると、よくわかりましたね」

愁斗が言った。

周藤は船内へ入るとすぐ、愁斗と豪に、敵が襲ってくるから、その時は躊躇なく発砲して殺すようにと指示をしていた。

「気配が違うんですよ。素直に取引する相手と、裏切ろうとする相手は。どう違うのかはうまく言えないのですが」

周藤が話す。

「いや、さすが修羅場を潜ってきただけのことはありますね。副船長の動きを見切ったところもすごかった。一秒遅れていれば、私かあなたかのどちらかは負傷していたでしょうね」

宇佐見は周藤を見た。

「そうさせないために、私がいますので」

「頼りにしていますよ、ジョーさん」

宇佐美が微笑む。

周藤も笑みを返したが、心中は腹立たしかった。

今回の取引は、どう見てもまともな取引ではなかった。

船内へ入る前から、船員とは思えない殺気立った者たちが周藤らを見つめていて、いつでも襲いかかってきそうだった。

船長室に入っても、船長と副船長の顔はたちまち強ばり、それからはぎこちないやり取りが続いた。

船長が初めから取引をするつもりがなかったのか、あるいは、こちらの腕を試すための仕込みだったのか——。

船内での立ち回りを興奮気味に語る豪の話を聞きながら、周藤は胸の奥底から湧いてくるもやもやとした感覚を飲み込んだ。

第六章　梟雄湮滅

1

　その日、凜子は丹羽幸太郎の病室に遅くまで残っていた。午後九時を回っているが、付き添いという口実で病室にいた。

　ソファーに腰掛け、手にタブレットを持っている。画面には、丹羽が書いた新党起ち上げ会見の草稿が表示されている。凜子はそれに目を通していた。

　草稿には、丹羽の理想が連ねられている。もはや政治家の理念というより、新興宗教の教義のようにも思える。

　日本礼賛、昭和回帰の件には、ナショナリズムを喚起させるよくある文言が並ぶ。序盤だけ見れば、超保守の思想に過ぎない。

　しかし、問題は後半だった。

理想郷を現実のものとするためには、悪の浄化とコミュニティーの再構築が必要だと説いている。そのために、条例や法律、憲法をも改正し、個々人の意識変化を促さねばならないと語っている。

さらに、再構築された国家は国民全員で守っていかねばならないと強弁している。

一見、保守の思想を色濃く漂わせているように見えるが、後段は、全体主義者による主張そのものだった。

丹羽がどちらに寄っているのか、正直、つかみかねる。

ただ、極端な思想に走っていることだけは間違いなさそうだ。

「リオン。どうだ、その原稿は？」

ベッドで枕にもたれている丹羽が訊いてきた。

「先生の想い、理想が凝縮している素敵な原稿だと思います」

「人々の心に届くだろうか」

「ええ、きっと」

凛子はにっこりと微笑んだ。

ドアがノックされた。

「こんな時間に？」

凛子がドアの方を見る。丹羽が身を起こした。

「私が」

凛子は立ち上がり、丹羽を止めた。

ゆっくりと気配を探りながら、ドアに近づく。

「どなたですか？」

「橋本医師から、先生の様子を見てきてくれと頼まれまして。あ、申し遅れました。私は研修医の高橋と申します」

丁寧な話しぶりだ。主治医である橋本の部下らしい。

凛子は丹羽の方を向いた。丹羽にも男の声は聞こえている。丹羽がうなずいた。

「少々お待ちください」

凛子はそろりとドアを横に引いた。

瞬間、ドアが大きく開かれた。凛子は男に腕をつかまれ、廊下へ引っ張り出された。口から悲鳴が漏れる。

「リオン！」

丹羽が急に上体を起こした。傷口に痛みが走る。

スーツ姿の男が二人、入ってきた。丹羽のベッドに駆け寄る。一人が丹羽の肩を握った。

「一緒に来てもらおうか」

「誰だ、貴様らは！」

丹羽が腕を払いのけた。

男は丹羽に平手打ちを浴びせた。丹羽がベッドに倒れる。

「先生！」

凜子が腕を振りほどいて叫んだ。

「リオン、逃げろ！」

「先生！　あ！」

平手打ちされる音が聞こえ、凜子の姿が消える。

「彼女に手を出すな！」

丹羽は立ち上がろうとした。

スーツの男が腹に拳（こぶし）を叩き込んだ。

丹羽は相貌（そうぼう）を歪（ゆが）めた。傷口が開き、パジャマとシーツがみるみる赤く染まっていく。

スーツの男は二発、三発と腹を殴った。丹羽は額（ひたい）から脂汗（あぶらあせ）を流し、腹部を押さえて前のめりになった。痛みに体が痺（しび）れ、唇（くちびる）は震えて顔は白くなっていく。

「貴様ら……」

声を絞り出すが、抗（あらが）えない。

その時突然、非常ベルが院内に鳴り響いた。男たちが周りを見回す。

「こっちです！」

廊下で凛子の声が聞こえる。

スーツの男たちは顔を見合わせ、病室を飛び出した。入れ違いに凛子が病室へ飛び込んでくる。

「先生！」

駆け寄って肩を抱く。

「リオン、無事だったか」

「逃げだした隙に、非常ボタンを押しました」

「やっぱり、君はすばらしい……」

丹羽はかすかに微笑むと、痛みと失血で気を失った。

「先生！　先生！」

凛子はナースコールのボタンを何度も何度も押した。

2

周藤と神馬らは、奥塚邸に集められた。宇佐美、南部、辻森、愁斗と豪の柏崎兄弟の姿もある。

午前四時。まだ、外は暗い。

真ん中の一人掛けソファーには奥塚が座っている。眉間に皺を寄せ、難しい顔をしていた。

「諸君。こんな時間に集まってもらって申し訳ない。想定外の出来事が起こった」

声が重い。

「昨晩、丹羽の病室に何者かが押し入り、彼を連れ去ろうとした」

その言葉に宇佐美以外の者たちは、驚きの表情を浮かべた。

「丹羽さんは大丈夫なんですか?」

愁斗が訊く。

「暴行を受け、傷口が開いて緊急手術を行なった。命に別状はないが、一週間後の会見は延期せざるを得なくなった」

「どこの誰がやったんだ?」

神馬が訊ねる。

「それは今、宇佐美君に調べてもらっているが——」

奥塚が宇佐美を見る。

「病院の防犯カメラ映像は消されていました。丹羽氏の事務所で働いている女性が現場にいまして、訊いたところ、三人組の男で全員スーツを着ていたと言っています。主治医の指示を装って部屋を訪れたそうです。主治医の名前は合っていたと話していました」

「サツは捜査していないんですか？」

南部が訊く。

「通報もしていない。襲われるのも一度ならいいが、二度、三度と続けば、裏に何かあるのではと疑う者も出てくるからね」

奥塚が言う。宇佐美が続ける。

「そういうことですので、私の方で調べているんですが、まだ敵が誰なのか、つかめていません。ただ、犯行時刻の周辺の防犯カメラ映像も回収、もしくは消去されているところ、また、セキュリティーの固い病院にすんなり潜入し、工作も行なえているところから考えると、奥塚先生の政敵、あるいは政府、諸外国のなんらかの機関ではないかと睨んでいます」

宇佐美の目が鋭くなる。

神馬と周藤は黙って、宇佐美を見つめていた。

「なんらかの機関というのは警察ですか？」

豪が訊いた。

「警察が動いているという情報はない」

奥塚が言い、全員を見回す。

「私は長い間、政権の中枢にいた。だが、そんな私でも知らない秘密機関が、政府内、司法機関内には存在する」

「その秘密機関が動いているということですか？」

周藤が口を開いた。奥塚が周藤に目を向けた。

「海外を渡り歩いていた君なら、国の中にそうした機関があることも理解できるだろう」

「わかりますが、先生も知らない機関がなぜ、丹羽氏を拉致しようとしたのでしょうか」

周藤が問う。

「おそらく、丹羽の言動にある種の破壊工作的な思想を感じ取ったのだろう。彼の主張にはネオナチ、原理主義に近い過激な部分もあるからな。彼が単なる一地方議会の政治家であれば、監視対象で終わっているのだろうが、一連の仕込みで、彼は一気に国政を担うべき若きリーダーの一人に躍り出た。それを看過できないと判断したのだろう」

奥塚が推論を述べる。

「なんらかの機関が行動に出たということは、以前から、それも短くない期間、丹羽の行動は監視されていたということ。ひいては、丹羽を担ぎ上げた私の行動も調べられていたということに他ならない」

「敵は国ってわけか？」

神馬が言った。

「その可能性も出てきた」

奥塚はうなずいた。上体を起こして胸を張り、改めて全員を見回す。

「そこで、少し計画を変える。まず、丹羽の新党結成会見は延期。街の浄化を進めたかったが、いったん待機とする」

「残党狩りはやめるということですか？」

愁斗が訊いた。

「一時中止だ。敵の正体がわかるまでは、動かん方がいい」

奥塚が言う。

「じゃあ、おれらも調べを手伝うよ」

神馬が切り出した。

が、奥塚は顔を横に振った。

「君たちはここまでよくがんばってくれた。ちょっとした休暇だと思って、のんびりしていてくれ。待機するのはどこでもいいが、いつでも連絡を取れるようにしておいてほしい。敵の正体がわかり次第、また計画を再開する。宇佐美君は残ってくれ。調査の打ち合わせをしたい。他の者は解散。ご苦労だった」

奥塚が言葉尻を強め、話を終えた。

宇佐美以外の全員が立ち上がり、部屋を出る。

　廊下を歩きながら、南部が神馬に語りかける。

「黒波、どうする？　うちで宿は用意できるが」

「おれは、愁斗たちと湯河原の別荘に戻るよ。それでいいか？」

　神馬は愁斗を見た。愁斗が首肯する。

「そうか。ジョーさん、どうします？」

　南部は周藤を見やる。

「私はどこかホテルを取って、待機します」

「そうですか。辻森、おまえは？」

「俺は自分ちに帰るよ。その前に、渕上たちにもこの命令を伝えとかなきゃならないな」

　辻森が言う。

「なら、おれが行ってくるよ。あいつらとは仕事したばかりだ」

「そうか。じゃあ、頼んだ」

　神馬の言葉に辻森がうなずいた。

「愁斗、豪、先に別荘へ戻ってくれ。場合によっては、渕上たちを連れていくことになるかもしれねえが、かまわねえか？」

「大丈夫ですよ。部屋数はあるので」

　愁斗が答えた。

「では、そういうことで」

　そう言って南部は玄関を出ていった。

　神馬が振り返って言う。

「そういやあ、秘書のおねえちゃんがいねえな」

　愁斗と豪に話しかけるふりをして、周藤に聞こえるように声を張る。

「時間外なんじゃないですか？」

　豪が答えた。

「夜も明けてねえもんな」

　神馬は笑った。

「愁斗、いったん新宿まで送ってくれるか。渕上に会ってくるからよ」

「いいですよ」

「ジョーさん、あんた、どうするんだい」

　神馬が訊いた。

「私は適当に歩いて戻りますよ」

「ジョーさん、よければ、黒波さんと一緒に新宿まで送っていきますよ」

　愁斗が言う。

「そうしろ。朝っぱらから、政界の大物の屋敷周りをうろついてりゃ、怪しまれる」

「では、世話になります」

周藤は頭を下げ、神馬を見やった。神馬は小さくうなずいた。

3

辻森は渋谷の自宅マンションに戻った。明かりをつけ、リビングに入る。

ソファーに鍵や上着を放り、ベッドに寝転がった。

辻森は都内にいくつか、部屋を持っている。そこには舎弟（しゃてい）がいたり、女がいたりするが、一人になりたい時は、いつもこの渋谷区桜丘町（さくらがおかちょう）にあるマンションに戻ってきていた。

古いマンションの五階、最上階の部屋だが、オートロックもなく、無駄に明るくない古ぼけたこの建物が妙に落ち着く。

天井を見上げ、大きく息をつく。

目を閉じると、ふと苦悶（くもん）の表情を浮かべ死んでいった島内の顔が脳裏（のうり）をよぎった。

島内に拾われたのは、辻森が二十歳の頃だった。それまで、辻森は特に裏社会に通じていたわけでもなく、なんとなく社会に不満を抱き将来にも不安を感じている、ごく普通の大学生だった。

友人とあるキャバクラに入った時、思い切りぼったくられた。目つきの悪い男たちに囲まれ、法外な料金を請求された。金がないと言うと、消費者金融で借りてこいと脅された。

友人は泣きながら謝った。

しかし、辻森はどうにも我慢ができなくなった。

このような理不尽が堂々とまかり通っている世の中に憤っていた。辻森は目の前の男を殴った。当然、男たちは牙を剥いた。辻森は必死に暴れたが、多勢に無勢。しかも、相手は喧嘩慣れしている手練れだ。結果はあきらかだった。

思わず、辻森はテーブルからこぼれ落ちた、先の尖った金属製のマドラーを取り、目の前の男を刺した。

一人でいいから、理不尽な連中をこの世から消したかった。

男たちは仲間が刺され、怯んだ。店内は騒然となった。キャバクラ嬢や客が逃げ出そうとエレベーター前に殺到する。それを店員が押し止める。

混乱に乗じて、友人は逃げ出した。が、辻森は血のついたマドラーを握りしめ、男たちと対峙した。

そして、怒鳴った。おまえら全員、殺してやる、と。

男たちが殺気立った。素人に舐められては商売あがったりだ。

厨房から取ってきた包丁や自前のナイフ、匕首などを握り、辻森を取り囲んだ。

辻森は死を覚悟した。刺した男は腹を押さえ、フロアに転がっている。もう一人、二人、道連れにしてやるつもりだった。

その時、奥の席から大きな声が聞こえてきた。

やめろ、おまえら！

腹の奥が震えるほどの迫力ある声だった。

大柄で目つきの悪い男が席を立ち、辻森に近づいてきた。

男は他の男たちを押しのけ、辻森の前に立った。

辻森は震えた。他の男たちとはあきらかに違う威圧感をまとっている。睨まれるだけで意識が飛びそうだった。

が、辻森は踏ん張って、マドラーを構えた。

大柄な男は訊いた。命を落としてかまわないのか、と。

辻森は答えた。死にたくはないが、退きたくもない、と。

退いたら、大事なものを失ってしまう気がした。

そして、大柄な男に突っ込んだ。

男は左手でいなすように辻森の頭を押さえた。そのまま、右の拳を振り下ろす。

強烈な衝撃がこめかみを貫いた。瞬間、辻森の意識は途切れた。

気がつくと、辻森は見たこともない豪華な部屋のソファーに寝かされていた。顔を起こすと、大きな机の向こうに、大柄な男が座っていた。その後ろには、日本刀と代紋が飾られていた。

ここから本当の死を迎えるのだと、辻森は覚悟した。

が、大柄な男は、周りにいた男を部屋から出し、辻森に話しかけてきた。

思っていることをぶちまけてみろ。

辻森は自分が理不尽に感じていることを、ここぞとばかりに語った。もう、死ぬしかないなら、腹に溜まったものをすべて吐き出したかった。

大柄な男の逆鱗に触れると思ったが、予想に反して男は話を聞いて大笑いした。

そして、言った。

理不尽に屈したくねえなら、うちで腕を磨かねえか。

道理の通らない連中を屈服させるには、暴力と資金力が必要。それを身につければ、逆らう者はいなくなる。

普通の精神状態なら、それはただの極論としか思えなかっただろう。

だが、その時の辻森には、男の言葉が沁みた。

その大柄な男こそ、島内守利だった。

辻森は大学を辞め、島内率いる島内組に入った。

そこからは、修羅の日々だった。粋がって暴れる客への対処、高利で貸した金の取り立て、胡散臭い連中との盗品や麻薬、武器の取引、敵対する組との抗争、裏切った仲間の粛清など。

走り続けているうちに、気がつけば、若頭まで上り詰めていた。

島内が言った通り、圧倒的な暴力と資金力を持った辻森に逆らう者はいなくなった。

そこまで育て上げてくれたのは、他でもない島内だった。

島内は常に、後ろには俺がいるから存分に暴れてこいと背中を押してくれた。

辻森が窮地に陥った時は、自ら組員を率いて、敵地に乗り込んできたこともある。

辻森は島内の男気に心酔していた。

しかし一方で、胸の奥にはくすぶるものがあった。

世の中の理不尽に憤り、それを跳ね返すために島内の下で修業をした。が、気がつけば、自身が理不尽な側に立ってしまっている。

このままでいいのか……と悩んでいるところに、敵対する一岡連合の南部から話を持ちかけられた。

日本を変えてみないか。

初めは話の中身が理解できなかった。自分や島内組を嵌めようとしているのではないかと疑った。

だが、奥塚に引き合わされ、奥塚自身から日本再構築の構想を聞かされた時、心が震えた。

自分が求めていたものが、奥塚の構想にはあった。

しかし、そのためには島内を裏切らなければならない。

逡巡した。

島内は人生の師でもある。その師を裏切らなければならない。

裏切り者の末路は散々見てきた。義もなく、私利私欲で相手を貶めた者に待っているのは、ゴミのような死だ。

配線を切られた機械のように息を止め、ガラクタのように捨てられて終わり。そこに人間の尊厳などかけらもない。

恩義のある島内を裏切ってまで進むべきか否か……。

奥塚は、迷う辻森にこう言った。

大義の前に私情はいらぬ。大義を成せば、魂は報われる。

言葉遊びのようだったが、辻森は、奥塚のその言葉を胸に抱き、自らの信念の証をこの世に遺すことを選んだ。

師を裏切った以上、ろくな死に方はできないだろうことはわかっている。

だが、新しい日本を創り、後世に遺せるなら、この命を捧げる価値はあるとも思っていた。

目を閉じているうちに、睡魔が襲ってきて、体がマットに沈んでゆく。

そのまま眠りに……と感じていた時、玄関の方で、ドアロックの外れる音がした。

目尻がぴくっと動く。リビングのドアの隙間から、すうっと風が流れ込んできた。

耳に神経を集中する。廊下がみしっと軋んだ。ひたひたと音もする。足音か。それも二つ、三つ——。

辻森は音を立てないように体を起こした。ベッドのサイドテーブルの引き出しを開け、リボルバーを取り出す。

ドアとは反対側に降り、ベッドを盾にして床にしゃがみ込む。

撃鉄を起こし、両手で銃把を握りしめた。息をひそめる。

リビングのドアの蝶番が、キキッ……と鳴った。

何者かが入ってきた。

ベッドに近づいてくる。辻森は身を沈めた。

いきなり発砲することはできる。一人は倒せるだろう。しかし、敵が複数人なら、返り討ちに遭う可能性もある。敵がどんな武器を持っているのかもわからない。

できれば、やり過ごしたい。

攻めるだけが喧嘩ではないということは、長年の経験で身に染みて知っている。

喧嘩の必勝法はただ一つ。負ける喧嘩はしないことだ。

複数の足音が部屋をうろついている。足音がベッドに近づいてくる。

辻森はさらに身を沈め、フロアに寝そべった。ベッドの足に体を近づけ、ドア側からは見えないよう身を隠す。

何者かが掛け布団をめくった。布団の端が辻森の鼻先に垂れる。辻森は呼吸を止めた。

ミシミシとベッドのスプリングが軋んだ。

「いないな」

男の声が聞こえた。

「行くぞ」

同じ男の声が仲間に命令する。

足音がリビングから出て行く。複数の足音が廊下を進み、玄関のドアが開いた。ゆっくりと玄関ドアが閉まり、室内はしんとなった。

辻森はすぐには動かなかった。何者かがまだ玄関前でうろついているかもしれない。外から窓を見られていれば、影が動いて、室内にいるのがバレてしまう。

辻森自身、的（マト）にした相手を付け狙っていた時は、しつこいくらい的の塒（ねぐら）を張った。入ってきた者たちは、気配を殺して中へ入ってきた。素人ではない。であれば、辻森と同じ思考であってもおかしくはない。

ともかく、ベッドの足下は危ない。再び攻め入られれば、逃げ場をなくす。

辻森は窓に影が映らないよう、寝ころんだまま体を反転させ、うつぶせになった。匍匐前進で進む。

ベッドの角に来て、いったん動きを止めた。リビングのドアの方に目を向ける。そして、リビング内の気配を探る。

人影も気配もない。

辻森はそのままベッドの陰から這い出た。

と、いきなり、リビングのドアの陰から人影が飛び出てきた。

辻森は銃口を持ち上げようとした。

しかし、人影は飛び上がり、着地と同時に辻森の右腕を踏みつけた。

辻森の右手から銃がこぼれる。人影はそれを拾い上げた。

辻森は人影を見上げた。痩せたアジア人の男だった。日本人ではない。

浅黒い顔の男は銃口を辻森に向けると、指笛を鳴らした。玄関ドアが開き、複数の男が土足のまま部屋に入ってきた。

その中に、日本人もいた。頰がこけて蒼白い顔をした中年男性だ。姿に覇気は感じないが、両眼だけは淀み、ギラついている。

「日本のヤクザもたいしたことないな」

　その声は、先ほどの侵入時に命令を下していた男の声だった。

「ベッドが温かかったんで、この部屋にいることはわかっていた。ただ、どこにいるかわからないんで、一度外に出たふりをしたんだが。一人残っていることも気づかず、動きだすとはね。これが平和ボケというやつか。俺なら、誰かが入ってきたところを狙い撃ちするね。敵も味方も関係ない。こっそり侵入してくる人間なんて、ろくなヤツじゃないから。あんた、ジャングルじゃ、一時間ももたずに死ぬだろうな」

　男が片笑みを滲ませる。

「なんだ、てめえら」

　辻森は首を傾けて、男を睨み上げた。

「あんたが知る必要はないよ。あの世へ行くんだから」

「俺にこんな真似をして、ただじゃすまねえぞ、こら」

　辻森は凄んだ。染みついたヤクザの迫力が滲み出る。だが、男たちはつゆほども動揺しなかった。

「大丈夫。あんたの死体は見つからない。あんたはただ失踪するだけ」

　男は枕を取った。

　辻森の顔の上に枕を掲げる。

「あんた、大学を中途退学してヤクザになったんだってね。今度はそんなことしないで、ちゃんと大学を出て働きなよ。こっちの世界には向いてない。じゃあね」
男が枕を落とす。
アジア人の男が枕で後頭部を押さえつけた。
辻森は暴れた。が、首から下は動くものの、頭は枕で押さえられたままだ。
アジア人の男は枕に銃口を押しつけた。そして、引き金を引く。
くぐもった銃声がした。穴の開いた枕から、パッと羽毛が飛び散る。
二発、三発と容赦なく撃ち込む。そのたびに、辻森の手足がびくっと跳ねる。
アジア人の男は全弾を撃ち込んだ。
辻森は動かなくなった。枕の下からあふれる血がフロアに広がる。
日本人の男はスマホを取り出した。通話ボタンをタップし、耳に当てる。
「……もしもし、俺です。辻森は処分しました。船に運びます」
話しながら、冷ややかな視線を辻森の屍に向けた。

4

南部は一岡連合事務所の総長室にいた。
総長室には、暴力団事務所によくあるゴテゴテとした調度品や日本刀などはなく、ＩＴ

企業の社長室のようだった。

　スチール天板の大きなデスクがあり、機能性のあるハイバックチェアーに南部が座っている。

　南部は今、奥塚の下で働きつつ、一岡孝光亡き後の一岡連合の総長代理として、組を仕切っていた。

　戻ってくる途中で、右腕の吉川に、半グレの統合組織である〝F〟の残党狩りの中止命令を出した。南部が事務所へ到着した頃には、十名ほどの組員が戻っていた。

　その後も組員たちは続々と事務所に引き上げてきていた。

　吉川が総長室に入ってくる。

「南部さん、狩りに出ていた連中はほぼ全員戻ってきました」

「そうか。全員に通常業務に戻るように──」

　南部が指示を出そうとした時、事務所の方から怒鳴り声が聞こえてきた。

「なんだ、てめえら！」

　南部と吉川がドアの方を見る。

　と、いきなり、発砲音と悲鳴が聞こえた。南部たちの顔が強ばる。

　組員の一人が総長室に飛び込んできた。

「南部さん！　出入りです！」

駆け寄ってきて、デスクに手をかけたところで倒れ込む。天板には血がべっとりと付いていた。

凄まじい銃声が続き、硝煙がドアの向こうからゆらりと漂ってきた。

怒号は聞こえなくなり、銃声と悲鳴と物が砕ける音だけが耳に飛び込んできていた。

南部はデスクの下に身を隠した。引き出しを開け、自動拳銃とマガジンを取り出す。すばやくマガジンを挿し込み、スライドを滑らせて、弾を装塡した。替えのマガジンをポケットに入れる。

吉川も重厚なソファーの陰に身を潜めている。

南部はデスクの前板の隙間からドアの方を見る。複数の足が入ってきた。入るなり、自動小銃を乱射しはじめる。

吉川の悲鳴が聞こえた。デスクの前板にも穴が開く。貫通した弾丸が南部の頰を掠める。

焦点の合わない吉川の目が南部に向く。銃弾を受けるたび、倒れた吉川の体が震えるように動く。

南部は身を縮め、息を潜めた。

掃射が止んだ。鼻をつく硝煙の臭いに咳き込みそうになるのを、グッと堪えた。

「南部はいたか?」

男の声がした。
「事務所に入ったのは確認したんですが」
他の男の声が聞こえる。
一人がデスクに近づいてきた。南部は銃把を握りしめた。
デスクを回り込まれれば、一か八か、撃ち合うしかない……。
覚悟を決めたが、男はデスクの前で立ち止まった。天板をコツコツと叩き、踵を返す。
「まあいい。行くぞ」
そう命じると、複数の足がドアから出て行った。最後に、男が急ぎ足で出て行く。
南部は大きく息をついた。デスクの下からそろりと顔を出す。
その目の前、デスクの上には手榴弾が置かれていた。
目を見開いた瞬間、手榴弾が爆発し、砕けた鉄片と炎が南部の顔面に襲いかかった。

5

神馬は渕上たちが詰めている無料風俗案内所に顔を出していた。
奥塚の決定を伝えると、渕上はすぐ大宮と永井を走らせた。各所へ散っている仲間は、そのまま自宅に戻り待機するようにと渕上は命じた。永井と大宮も、案内所へは戻らず、そのまま姿をくらますことになっている。

奥の事務室には、渕上と、香田を名乗る伏木、瓜田を名乗る栗島が残っていた。

「今後はどうするんだ?」

渕上が訊く。

「とりあえず、ここにいる者たちは、俺と一緒に愁斗たちの別荘に来ないか。奥塚さんは〝休暇〟と言ったが、それはいったん身を隠せということだ。別荘なら、警戒もしやすいし、安心だ」

神馬が話した。

伏木と栗島は首肯した。

「宇佐美さんは何と言っているんだ?」

渕上が訊く。

自身はあくまでも宇佐美の部下だという立場を崩さない。

「宇佐美さんは何も言ってはいないが、奥塚さんの指示で、丹羽を襲った者を調べている。行動を決められないのなら、宇佐美さんに電話をしてもいいが、調査の邪魔になるだけじゃねえか?」

神馬は睨んだ。

渕上は腕組みをして少しうつむいた。やおら立ち上がり、事務室を出て行こうとする。

「どこに行く？」

神馬が訊いた。

「電話してくる。待ってろ」

そう言い、事務室から店頭スペースへ出た。ビニールカーテンが揺れて閉じる。

神馬は渕上の後ろ姿をじっと見つめていた。

渕上の顔が時折動く。ビニールカーテン越しに神馬たちを確認し、出入口の外にも目を向けていた。一見しただけでは、電話をしている時のなんでもない仕草にしか見えない。

「おまえら、逃げる準備をしろ」

神馬は小声で指示をした。

「どういうことですか？」

栗島が訊いた。

「ヘンだ」

神馬は渕上を見据えたまま言った。

「何がです？」

栗島が再度訊く。

「説明してるヒマはなさそうだ。クラウン、ここに裏口はねえのか？」

「あるが、今、渕上が立っているところの立て看板の裏になる。渕上を避けては出られない」

伏木が答えた。

と、千鳥足の中年サラリーマンが二人、店に入ってきた。

渕上は耳から電話を離した。

「お客さん、今日はもうやってないんですよ」

渕上が言う。

神馬はサラリーマン客の後ろを見ていた。ちらちらと中を覗いている男がいる。

「クラウン、ポン」

神馬が声をかけた。

「客を追い出すふりをして外に出て、そのまま逃げろ。外に敵がいる。気をつけてな」

「サーバルは？」

栗島が訊いた。

「屁でもねえ。オフィスで会おう」

神馬が言うと、二人はうなずき、事務室から出た。

「あー、お客さん、すみませんねえ。今日はもう終わったんですよ」

伏木がサラリーマンに近づいていき、一人の肩に手をかける。栗島ももう一人の腰に手を回した。

「いいところを紹介しますんで、一緒に行きましょう」

「香田、放っておけ」

「大丈夫です。紹介してすぐ戻ってきますんで。瓜田君、そちらもお連れして。お二人ともだいぶ飲んでらっしゃるようだから」

「はい」

「じゃあ、ちょっと行ってきます」

伏木が客を連れて出る。栗島も続く。

外に出ると、狭い通りの暗がりに怪しげな男たちの姿が見えた。ラフな格好をしているが、みな大きめの上着を羽織っていた。懐(ふところ)に手を差している者もいる。案内所に鋭い視線を向けていた。

伏木と栗島は、サラリーマン客を盾にする形で、男たちの前を抜ける。

「はい、ちょっとごめんなさいよ」

伏木は言いながら、ふらついた客を支えるように立ち止まり、その口元に耳を寄せた。

「えっ！　あと四人も紹介できるかだって？　そりゃ、無理ですよ、お客さん！」

大きい声で言う。

「とりあえず、行きましょう」

栗島が促す。

男たちが伏木たちに鋭い視線を向ける。渕上が顔を出した。顔を小さく横に振り、目を店内に向ける。

神馬はその動きを見ていた。

「どうした？」

中から神馬が声をかける。

渕上はわずかに肩を震わせ、店内に戻った。

「困った客だなあ。香田も放っときゃいいのに」

「閉めなきゃ、また客が入ってきちまうぞ」

「そうだな」

渕上はいったん外に出た。看板を店内に入れるのを装ったのだろう。

神馬はその隙に、事務所から店内に移動し、紹介ボードの裏に隠れた。黒刀の柄と鞘を握る。壁に電灯のスイッチがあった。

数秒後に男たちが飛び込んできた。事務室前に横一列に並び、サプレッサーの付いた銃を乱射する。

ビニールカーテンは衝撃で跳ね上がって揺れながら千切れていく。銃弾がその先の壁をうがち、無数の穴をあける。

たっぷり十秒の掃射のあと、銃口からは硝煙が漂った。

渕上が入ってきた。

「さすがの黒波も、この弾幕は避(よ)けられんだろう」

ぼろぼろのビニールカーテンをレールごと引きちぎる。

瞬間、渕上の顔が強ばった。

神馬は電気を落とした。真っ暗になる。ボードの裏から躍り出た神馬は、敵の体温を感じながら刀を振るった。

悲鳴が一つ二つと上がる。声のした場所で顔の位置がわかる。

神馬は敵の首を切りつけ、しゃがむ。

敵が発砲して、一瞬だけ、暗がりが明るくなった。敵の位置がわかった。しゃがんだまま、円を描くように回り、敵の足を切った。

また悲鳴がして、人間の倒れる音がした。そこに膝行し、敵の喉笛を切っ先で突き破った。

もう一人の男が銃を向ける気配を感じた。

倒した男を飛び越え、その男の脇に前転して近寄り、心臓を突き刺した。

明かりがついた。ボードの裏から渕上が出てきた。銃を握った右腕を伸ばす。

神馬は片膝(かたひざ)をついて、刀を下から振り上げた。渕上の肘(ひじ)から先の右腕が宙を舞った。

渕上は右腕を押さえ、両膝を落とした。

神馬は片膝立ちのまま、切っ先を渕上の喉元に突き付けた。

「どういう料簡だ、てめえ」

喉仏の上の薄い皮膚に切っ先をわずかに入れる。

「なぜ、俺らを狙った？」

さらに神馬は切っ先を刺した。

「おまえがもし、敵でないなら——」

渕上はうっすらと笑った。

「この国を頼む」

そう言って自ら首を突き出した。

神馬はとっさに刀を引いたが、それを追うように切っ先を喉笛に刺した。

渕上の口から血の塊が噴き上がった。黒刀を握り、震えながら神馬を見上げる。

「……わかったよ」

神馬は柄を強く握り、刀を深く刺した。

後頸部から切っ先が飛び出した。渕上の両眼がカッと見開かれる。刀身を抜き取ると、首の前後から血が噴き出した。

渕上はゆっくりと前に倒れ、静かに突っ伏した。

「なんなんだ、こいつら……」

神馬は刀を振って血を払い、鞘に納めて、裏口から店を出た。

6

周藤は旧甲州街道を東へ歩いていた。新宿三丁目から二丁目、一丁目あたりまで進む。繁華街を離れると、あたりは少し暗くなってくる。

周藤は歩き続け、新宿一丁目交差点を右に曲がった。新宿御苑の北東にある大木戸駐車場に入っていく。車は七台ほど停まっていた。

自分の車を探すふりをして、車の陰に身を隠す。ラフな格好をした男が二人、周藤に続いて駐車場に入ってきていた。

この男二人は、車を降りた時からずっと、周藤をつけてきた男たちだ。

初めは杞憂かと思ったが、途中から周藤は男たちの視線を感じ、人気のない場所に誘い込んだ。

男たちは音もなく周藤が隠れた車の陰に近づいてきていた。二人とも懐に手を入れている。

周藤は男たちの動きを見ながら、車を回り込んだ。男たちの背後に出る。

男たちは訝って立ち止まった。

瞬間、周藤は車の陰から飛び出し、手前にいる男の口元を左手で塞ぎ、懐に差した右手を押さえた。

男がもがき、呻く。

気づいたもう一人の男が振り返り、懐から銃を抜いた。

パスッと空気を裂く音が聞こえる。周藤が捕らえていた男の胸元で血飛沫が飛散する。

仲間の犠牲もいとわない連中だった。

周藤は撃たれた男の懐に手を入れ、銃を抜き出した。

絶命した男を盾にしながら、車の陰に飛び込む。転がり、膝立ちすると同時にスライドを引いた。

撃った男が車を回り込んできた。影が出てきた瞬間、周藤は立て続けに引き金を引いた。空気を裂く音とともに、手の中で発射の衝撃を感じる。

男は被弾し、後方に飛び、尻から落ちた。周藤は立ち上がり、さらに二発、三発と撃ち込んだ。

胸元を銃弾が抉り、頭部で血が弾ける。襲ってきた男は絶命した。

仲間に撃たれて地面に沈む男の方に歩み寄り、爪先でつつく。ぴくりとも動かない。

周藤は手元の銃を見た。刻印などは見当たらないが、形状からチェコスロバキアで製造されたCz75と思われる。

が、改造してあって、ロングノズルのサプレッサーが取り付けられている。威力を落とさないためには、弾丸の火薬量も増しているのだろう。当然、それだけ銃本体の強度も上げなければならない。

周藤は遺体を見下ろしながら、スマホを出した。菊沢に連絡を入れる。ツーコールで菊沢が出た。

「……もしもし、ファルコンです。新宿一丁目の大木戸駐車場に二体処理案件がありますので、アントに依頼してください。それと、敵の武器を入手したので、解析をお願いします。今からオフィスに向かいます」

周藤はそう話し、屍を見下ろした。

7

愁斗と豪は、湯河原の別荘のリビングで神馬たちの到着を待っていた。

本を読んでいた愁斗は、ふっと顔を上げた。

「今、何か物音がしなかったか？」

訊くともなく、口にする。

「いや、聞こえなかったけど」

豪が周りを見回す。

愁斗は黒目だけを動かし、耳に神経を集中させた。少しして、ふっと息をつく。

「気のせいか……」

愁斗が本に目を戻そうとした時、窓の外に少しだけ影が揺れた。

「伏せろ！」

愁斗はソファーから降り、カーペットに伏せた。豪も愁斗の声に反応する。

窓ガラスが割れた。耳をつんざく掃射音がし、室内の調度品がけたたましい音を立てて砕け飛ぶ。

愁斗と豪は伏せているだけで動けない。

「兄貴！　なんなんだ、こりゃあ！」

豪が叫ぶ。

「わからん！　武器は！」

「ここにはない！　寝室のベッド！」

豪が怒鳴った。

愁斗が少し頭を出す。そこを敵は狙ってきた。愁斗はすぐ頭を引っ込めた。ソファーに銃弾が食い込み、中の綿がパッと飛び散る。

動けない……。

　すると、豪が立ち上がった。

　ソファーを飛び越え、ドアに走る。敵は窓の方から掃射した。

　豪が被弾した。脚を撃たれたのか、背を反らせたままドアにぶつかる。肩口からも噴き出した鮮血がドアを赤く染める。

「豪！」

　愁斗はソファーの脚を握った。無理やり持ち上げ、歯を食いしばって窓の方へ投げる。

　その動きに気づいた敵が、ソファーに銃口を向ける。

　その隙に愁斗もソファーを飛び越え、ドアに走る。ドアにもたれかかる豪を抱えて、ドアに突っ込んだ。

　蝶番が飛び、ドアごと廊下に倒れ込む。窓ガラスを割って、足音がリビングに入ってきた。

　愁斗は豪を置いて、寝室へ走った。ベッドのマットを上げ、フロアに落とした。マット下の空間に拳銃や自動小銃、手榴弾があった。

　愁斗は自動小銃を取り、マガジンを挿した。コックを引き、手榴弾を一つポケットに入れ、部屋から飛び出す。

　敵が豪の前に立ち、銃口を向けている。

　愁斗はその敵に向け、連射した。凄まじい掃射音が響き、薬莢が壁に当たり、跳ねる。

弾丸が敵の胸元や頭を抉った。

敵は血をまき散らし、廊下に転がった。

「豪！」

愁斗は声を張った。

豪は廊下を這い、愁斗の足下まで来た。寝室へ転がり込む。

愁斗はポケットから手榴弾を取り出した。口でピンを咥えて抜き取り、リビング入口に投げ込んだ。

すぐさま、寝室に入った。マットの陰にうつぶせになる。

直後、爆発音とともに建物が揺れた。悲鳴も聞こえた。窓が砕け散る音も聞こえてきて、まもなくしんとなった。

ぱちぱちと火の付いた木材が爆ぜる音がする。

愁斗は身を起こした。マットの脇に、豪が仰向けに倒れていた。

胸元は溢れる血で赤黒く染まっている。脇腹、腕にも被弾していた。失血がひどい。顔は蒼白くなり、唇も紫色に変わっている。荒く呼吸しながら、両の瞼は今にも閉じそうだった。

「豪、しっかりしろ。病院へ――」

語りかけていると、豪は愁斗の腕を握った。

「兄貴、俺はもうダメだ……」

「勝手に決めるな！」

怒鳴りつける。

「自分のことは自分が一番よくわかる。いいんだよ、別に」

「よくない！」

傷ついていない豪の腕を握る。

「よくねえのは、俺たちを襲った連中をのさばらせておくことだ。俺の代わりにそいつらを殺っちまってくれ。ナメられたままじゃやってられねえ」

「おまえも一緒に殺るんだよ」

愁斗が言う。豪は小さく顔を横に振った。

「俺はここで終わりだ」

豪は力なく微笑んだ。

「なあ、兄貴……」

「なんだ」

愁斗が訊くと、豪は強く愁斗の腕をつかんだ。

「次の人生は、まともに生きてえな」

豪は涙を流し、静かに瞼を閉じた。

愁斗は目を閉じた。唇を噛みしめる。立ち上がって、落ちた掛け布団を拾い、豪の頭から爪先にまでそっと被せた。

マットからシーツを引き剥がして、広げた。武器を出し、シーツの真ん中に集め、包んだ。右肩から左脇へ斜めにかけ背負う。

手に持った自動小銃のマガジンを入れ替え、寝室を出た。

リビングは熱風で焦げていた。壁には破片が突き刺さっている。

リビングのドアは吹き飛んでいた。壁も一部に穴があき、外が見えている。室内のソファーやテーブルも砕け飛んで部屋の隅で燃えていた。

銃口を起こして踏み込むと、呻き声が聞こえた。周囲を警戒しながら、声のした方に近づく。

倒れたスチール棚の下敷きになっている男がいた。腰から下が挟まれ、動けなくなっている。

顔には火傷を負い、皮膚が爛れてくっつき、赤い筋肉が剝き出しになっていた。

男の眼球が動き、愁斗を見上げる。

「俺たちを襲わせたのは誰だ?」

愁斗は腕を踏みつけた。男の相貌が歪み、呻きがこぼれる。

「誰だ」

　強く踏みつけると、焼けた皮膚がずるっと剝がれた。愁斗はそこに銃口を突き入れた。ぐりぐりと筋肉を抉り回す。

　男は激痛に悲鳴を上げた。

「殺さないぞ、しゃべるまで。おまえの肉と皮が剝げ落ちるまで、苦しみを与えてやる」

　愁斗は別の火傷痕を靴底で踏みつけ、体重を落とした。また、ずるりと皮が剝ける。そこに銃口を突き刺し、こねた。

　男はあまりの痛みに声も出なくなった。塞がっていない顔や首の汗腺から汗が滲み出る。

　愁斗は男を睨みながら、黙々と拷問を続けた。

「……み」

　男が声を絞り出す。よく聞こえない。愁斗は拷問を止めない。

「……さみ」

　愁斗が手を止めた。

「う……さみ……」

「宇佐美だと？　どういうことだ？」

　屈んで、男の髪を握る。額から上の皮がずるりと剝けた。男は愁斗に黒目を向けたまま、息絶えた。

愁斗は立ち上がって、男の顔に銃弾を撃ち込み、砕け散った窓から出て、闇に姿を消した。

8

Ｄ１オフィスに神馬が到着した。

栗島と伏木は着いていた。智恵理の顔もある。周藤と凜子はいなかった。

「サーバル、よかった」

栗島が立ち上がって、笑顔を向ける。

「たいしたことねえよ」

「処理は依頼しといたよ」

智恵理が言う。

「悪いな。ポン、コーヒーくれねえか」

そう言い、神馬はソファーに腰を下ろした。刀を傍らに置き、深くもたれて息をつく。

「ファルコンとリヴは？」

智恵理を見上げる。

「ファルコンはこっちに向かってる。リヴは丹羽議員の秘書として、そのままそばにいる」

「大丈夫か、リヴ」

「危険を察知したら、すぐ離脱するように指示しているけど」

智恵理が言った。

栗島がコーヒーを持ってきた。

「サンキュー」

神馬が受け取る。

「ファルコンも襲われたそうです」

栗島が言った。

「誰にだ？」

「わからない。アントが遺体と武器を回収して、今、調べているところ」

智恵理が答えた。

「僕たちを襲ったのは渕上さんだったので、その仲間でしょうか」

栗島が言う。

と、伏木が口を開いた。

「いや、渕上は単独で動く人間じゃない。上の命令は絶対だ。渕上の上は、宇佐美と奥塚しかいない」

「そういやあ、宇佐美は最後まで奥塚の屋敷に残っていたな……」

神馬はコーヒーを啜った。

「チェリー。奥塚と宇佐美の関係は？」

伏木が訊いた。

「それがさあ。よくわからないのよね。サーバルから、総会屋時代の話を聞かされて、調べてみたんだけど」

「嘘はついてねえぞ？」

神馬が智恵理を見る。

「総会屋として活動はしていた。奥塚との接点も、総会屋時代にあっただろうというのは推測できる。でも、総会屋を引退してからの数年の動きと、その間の奥塚との接点がどうしてもわからない。そこがちょっと気になるの」

話していると、ドアが開いた。

周藤が入ってくる。その後ろから、菊沢と加地も入ってきた。

「あらあら、みなさんお揃いで」

伏木が皮肉な笑みを見せる。

周藤は自分の席に着いた。菊沢と加地がソファーに近づく。神馬はコーヒーを持って席を立ち、自分のデスクに戻った。

「みんな、今回は苦労をかけた。暗殺部の仕事ではあったが、込み入った事情があり、それぞれ単独潜入ということにさせてもらった。申し訳ない」

菊沢と加地が頭を下げた。

「前置きはいいからよ。どういうことになってんのか、教えてくれねえかな。こっちはいきなり襲われて、カリカリしてんだ」

神馬は机の上に両脚を投げ、菊沢を睨んだ。

「サーバル！」

智恵理が非礼な態度を戒める。

が、菊沢は右手を上げた。

「君たちが怒るのも無理はない」

言い、全員を見回した。

「先ほど、ファルコンが二人組に襲われた。彼らと彼らが持った武器をベンジャーが解析した」

「もうわかったんですか？」

栗島が目を丸くした。

「男たちが持っていた武器について、うちのデータベースに情報があった」

加地が口を開く。

「彼らが使っていた銃のベースは、ファルコンが見立てた通り、旧チェコスロバキア製のCz75だが、この銃は世界中でライセンス生産されている。また、中国や北朝鮮製のコピーも出回っている。今回使用された銃は、銃身が短く作られている分、ロングノーズのサプレッサーを取り付けられるように改造されていた。これは、タイで密造されていた銃に酷似していて、主に東南アジアで出回っていたものだ。今でも、東南アジア地域の犯罪組織で使われている」

「敵は外国の組織か？」

神馬が脚を下ろし、上体を起こした。

「ファルコンが倒した敵の顔認証をかけてみた。彼らは元々は有名国立大学の学生で、〈日本の夜明け同盟〉という左翼過激派グループに所属し、学内外で左翼活動をしていた。公安部は要注意人物としてマークしていたが、十年前の出国記録を最後に行方知れずとなっていた」

「日本人の過激派ということですか？」

周藤が訊く。加地は周藤に顔を向けた。

「〈日本の夜明け同盟〉の実態は、公安部でもよくつかめていない。ただ、メンバーの一部が東南アジアでゲリラ戦の教練を受けていたという報告がある。メンバー構成は、日本人だけでなく、海外の共産主義者、原理主義者を取り込んでいるという情報もある」

「何をしようってんだ」

　神馬がつぶやく。

「日本のスクラップ&ビルドだ」

　菊沢が強く言う。

「諸君の働きのおかげで、重要な事実が判明した」

　菊沢は一同を見回した。

「奥塚の右腕として働いていた宇佐美尊だが、彼が総会屋として頭角を現わす前、また引退後に、タイやインドネシアへ頻繁に渡航していることがわかった。しかも、その際に複数の名前のパスポートを使用していた」

「つまり、偽造パスポートですか？」

　栗島が驚いて眉を上げる。

「パスポートの現物がないので判然としないが、いずれも本物の可能性がある」

「本物とは？」

　伏木が怪訝そうな顔を覗かせた。

「本物のパスポートを作成するには、戸籍謄本や本人確認書類がいるでしょう。それらも偽造したということですか？」

　栗島も訊いた。

「今、調べているところだが、その可能性もある。それを行なうためには、行政機関に通じている人物の協力が不可欠だ」

「それが奥塚ってことか？」

神馬が察して言った。

「確定ではないがね」

菊沢が言葉を濁す。

「私が宇佐美のパスポートを入手しましょうか？　私なら彼に接近できます」

智恵理が言う。

菊沢は顔を横に振った。

「君の仮住まいにも何者かが侵入した。君も奥塚の秘書から撤収してもらう」

菊沢の言葉に、智恵理の表情が険しくなった。

「リヴはどうするんですか？」

智恵理が訊く。

「彼女は疑われる立場にない。今ただちに身を隠すよりは、丹羽の近くにいたほうが安全と判断した」

菊沢が答え、話を続けた。

「また先ほど、柏崎兄弟を監視していた第三会議の調査員から、彼らも襲われたとの情報が入った」

「愁斗たちは生きてるのか？」

神馬が訊く。

「安否は確認中だ」

「今回の件に関係した連中を皆殺しにするつもりなのかよ。辻森と南部も殺られちまってるかもしれねえな。もしそうなら、さっさと宇佐美と奥塚を殺っちまおう。あいつらをのさばらせとけば、また俺たちも狙われる」

神馬が腰を浮かせる。

「待て。宇佐美と奥塚は限りなくクロだが、決定的な証拠がない」

「俺たちが襲われたってだけで十分だろ」

神馬が不愉快そうに眉根を寄せる。

「それじゃあ、ただの殺しだ」

周藤はなだめ、菊沢に顔を向けた。

「どうすれば、彼らの関与を証明できそうですか？」

「宇佐美が持っているだろう複数の名のパスポートを手に入れたい。それを解析すれば、身分証を偽造した者たちも判明するだろう。その線から、あるいは奥塚に辿り着くかもしれん」

菊沢が言う。

話を聞いていた伏木が立ち上がった。

「じゃあ、ちょっと行ってきましょう。ポン、工作よろしく」

顔を向けると、栗島は首肯して立った。

「俺とサーバルも行きます」

周藤が立った。

「いいな、サーバル」

神馬を見やる。

「何かあった時の援護はいるしな。こんな面倒な仕事、さっさと済ましてえし」

神馬はおもむろに立ち上がり、刀を手に取った。

「チェリー。僕のタブレットに宇佐美の住所を送ってください」

栗島が言うと、智恵理は親指を立てた。

「諸君、頼む」

菊沢が言うと、四人は一斉に動き始めた。

第七章　無間流炎

1

神馬と伏木は、栗島の運転で宇佐美が潜むマンション近くの時間貸し駐車場に来た。

宇佐美の隠れ家は赤坂にあった。傾斜地に建つ地下一階地上三階建ての低層マンションだ。各部屋の面積は広く、一階と二階には三部屋ずつ、三階フロアは一部屋しかない造りとなっている。

この建物自体が宇佐美の所有物で、三階のワンフロアを塒としている。

宇佐美が石渡を名乗って総会屋をしている時に儲けた金で買ったようだが、当時でも十億は下らなかっただろう。

「あの一階と二階は怪しいねえ」

助手席にいた伏木がつぶやく。

ップする。


「宇佐美の部下が詰めているんでしょうか」

栗島はハンドルを握ったまま、夜闇の中のマンションを見つめた。

「その可能性はあるな。ちょっとつついてみるか」

後部座席にいた神馬は、スマホを取り出した。奥塚の番号を表示し、コールボタンをタップする。

深夜にもかかわらず三回で奥塚が出た。

——黒波君、どうした？

「どうしたもこうしたもねえよ。渕上を迎えに行ったら、連中に襲われた」

——渕上君に？

奥塚が怪訝(けげん)そうな口調で訊いてくる。しかし、それが偽りのものであることが神馬にはわかった。

「丹羽先生を襲ったのは、渕上じゃねえの？　もしくは、渕上は宇佐美の部下だったから、黒幕は宇佐美かもしれねえ」

——そうか。貴重な情報をありがとう。今、どこにいる？

「別荘に向かってる。愁斗たちが心配だ」

——別荘には迎えをやる。黒波君たちは直接うちに来い。今後を話し合おう。

「わかった。すぐ向かう」

神馬は電話を切った。

「うちに来いだとよ。あのタヌキじじい、自分のところでおれらを殺る気だ」

通話の切れたスマホを睨む。

「奥塚が宇佐美を動かしているのか？」

伏木が後ろを見た。

「間違いねえだろうな。おれらが襲われたと聞いてもたいして慌ててねえし、別荘には行くなと言った。おれらに愁斗たちを襲ったことを知られたくねえんだろ」

「南部や辻森はどうなってるかな」

「あいつらも危ねえな」

「南部たちが宇佐美の手下という可能性はないんですか？」

栗島が訊く。

「奥塚は宇佐美以外の全員に動くなという指示を出した。おそらく、宇佐美以外は全員切り捨てるつもりだ。クソ悪党の考えそうなことだ」

神馬は吐き捨てた。

「おやおや、さっそく動きだしてるぞ」

伏木がフロントガラスの先に目を向けた。神馬と栗島も見やる。

エントランス横の地下駐車場のシャッターがゆっくりと開いた。中から黒の大型ＳＵＶ

が二台出てきた。街灯の光の中、ともに人相の悪い男が運転しているのが見えた。

「奥塚邸に向かうのかね？」

「あるいは、別荘へ向かうつもりかもな。途中、おれたちを見つけたら、そこで処分するつもりかもしれねえ」

「どうします？　追いますか？」

栗島が訊ねる。

「そうだなあ……」

神馬が思案していると、栗島が言った。

「サーバル、あれ！」

栗島が指さす。

マンションのエントランスに車が横付けされた。黒とシルバー基調のミニクーパー。愁斗が乗っていた車だ。

路上に無造作に停めた車から愁斗が降りてきた。ドアも閉めず、マンションを見上げる。手には銃を持っていた。

愁斗の服は血にまみれているように見えた。

「ありゃ、襲われた後だな。宇佐美の所へ来たということは、襲ったヤツを返り討ちにして、吐かせたんだろう」

伏木が言う。

「弟がいないということは……」

栗島がつぶやく。

愁斗はマンションのエントランスで立ち止まった。自動ドアが開かないようだ。オートロックなのだろう。

愁斗は二度、三度と自動ドアに蹴りを入れていた。

「何やってんだ、あのバカ。クラウンはここで待機。ポン、万が一のために、宇佐美の暗殺許可を取ってくれ」

「わかりました」

栗島が返事をする。

神馬は黒刀を取って、車から降りた。栗島たちの位置が特定されないよう、暗い路地を伝って反対側へ出る。

そこからマンションのエントランスに向けて走った。

「愁斗！」

神馬が声をかけた。

愁斗は神馬を認めると、無言で銃口を向けた。

「落ち着け！」

声を張った。愁斗には届いているはずだが、反応はない。

愁斗が引き金を引いた。銃声が轟く。神馬は黒刀を縦に抜いた。刀身に一発の弾丸が当たり、鋭い金属音が鳴った。

続く弾丸をかいくぐり猛然と駆け寄った神馬は、鞘を跳ね上げ、愁斗の右手首を上に弾いた。愁斗の手から銃がこぼれ落ちる。

一度鞘を引き、先端を愁斗の懐に突き入れた。

愁斗は呻いて腹を押さえ、両膝を落とした。

神馬は刀を納め、こぼれた銃を拾った。腰に差して、愁斗の腕を握る。

「来い！」

栗島たちの車とは反対側に走り、三軒先のビルの陰に隠れた。

「何やってんだ、てめえは！」

愁斗を壁に叩きつけた。

「あんたも宇佐美の仲間だろ」

愁斗が睨む。

「ふざけるな。おれも宇佐美に狙われた」

「黒波さんもか。俺たちも襲われたよ。豪は死んだ」

そう話す愁斗の目は昏く生気がない。

「襲ったのは宇佐美の手下か？」

神馬が訊いた。

「そうだ。襲ってきたヤツを拷問して吐かせた。宇佐美だけはぶち殺さねえと、死ぬに死ねねえ」

宇佐美の名を口にした時だけ、目の奥に怒りが滲む。

心が死んだ者の目だった。

「愁斗。宇佐美はおれに任せて、退くわけにはいかねえか？」

神馬が訊く。

「黒波さん。俺を生かしてくれようとしてるならありがてえが、余計なお世話だ。もうねえ、疲れたんすよ。斬った張ったの世界も、裏切られるのも。こんなクソみてえな世の中で生きていても、何もいいことはねえ。豪も逝っちまったし。だったらせめて、目の前のクソだけはぶち殺してえと思いましてね」

「そのあとはどうする？」

「どうにもならねえでしょう」

力なく笑う。

「そうか、わかった」

神馬は言うなり、右拳を愁斗の鳩尾に叩き込んだ。愁斗が息を詰めて目を剝いた。

「何……を……」

「少し眠って、頭を冷やせ」

もう一度、鳩尾に突きを入れる。

愁斗の両膝がガクッと落ちた。神馬は愁斗の体を抱きとめた。そのまま肩に担ぎ、路地を出る。周囲に注意を向け、小走りで車に戻った。

ドアを開け、後部シートに愁斗を寝かせて自分も乗り込む。

「あら、連れてきたのかい」

伏木が笑う。

「ほっときゃ、死ぬんでな」

「親心でもついたか？」

「そんなんじゃねえが、こいつの今の心境は、昔のおれたちとよく似てる。使えるかもしれねえぞ。ポン、結束バンドをくれ」

神馬が言うと、栗島はセンターコンソールを開き、プラスチック製の結束バンドを二本出した。

両手足首を拘束する。

「サーバル、第三会議がクロ判定を出しました。ターゲットは奥塚と宇佐美。できれば生け捕りにしろということですが」

「できるわけねえだろ。現場をわかってねえな、Dは」

神馬は奥歯を嚙んだ。

「で、宇佐美はファルコンが担当。サーバルは奥塚に向かえとのことです」

「わかった。ポン、愁斗をベンジャーに引き渡してくれ。クラウン、愁斗の車で奥塚邸に乗り込む。運転頼む」

「了解」

伏木がドアを開ける。神馬も外に出た。

神馬と伏木が、愁斗の乗ってきたミニクーパーに乗り込み、発進する。

栗島は車が出たのを見届け、時間貸し駐車場を後にした。

2

宇佐美の下に、奥塚から電話がかかってきていた。

——宇佐美君。ずいぶん逃(のが)したね。

「申し訳ありません」

宇佐美のスマホを握る手が震えている。

——君の部隊には期待していたんだけどね。残念だ。

「待ってください！　残りは必ずや、私の手で粛清を」

宇佐美が必死に訴える。顔は蒼ざめ、引きつっていた。

――ここで、すべてを粛清できなかったミスは取り返しがつかない。常にチャンスは一度だけだ。長い年月をかけて用意した仕込みも、これで使えなくなった。君は今すぐ、日本を離れて身を隠せ。国内にいる時間が長いほど、君の死は近くなる。これは、これまで私の下で尽力してくれた君への、せめてものはなむけだ。二度と日本へは戻ってくるな。では。

奥塚は一方的に言い放ち、電話を切った。

宇佐美は呆然と手元のスマホを見つめた。

「なんだ、この仕打ちは……」

下がっていた眉尻が少しずつ上がりだす。

怒りが込み上げてくる。

宇佐美はスマホを床に叩きつけた。画面にひびが入り、外装の一部が砕けて飛び散る。

奥塚と出会ったのは、大学生の頃だった。

自分が進むべき道に迷っていた宇佐美が足を止めたのは、奥塚の街頭演説だった。

当時、すでに与党議員となっていた奥塚の言動は、胡散臭いものにしか聞こえなかった。宇佐美は、与党や資本家を信用していない多くの学生の一人だった。

日本を堕落させた政治が許せなかった。

しかし、本当に苛立っていたのは、大学に入っても行くべき道を見つけられない自分に対してだった。

宇佐美は、街頭演説を終え、壇上から降りてきた奥塚に歩み寄り、議論を吹っかけた。

一方的にがなり立てるだけで、警備スタッフに囲まれ、制止されている状態だった。

だが、それを見た奥塚は、宇佐美に、本気で議論したいのであれば議員会館に来いと言い、宇佐美に名刺を渡した。

宇佐美は奥塚の真意がわからず、しばらくは放っておいた。

その一カ月後、どうしても気になった宇佐美は、奥塚に連絡を取ってみた。

奥塚は宇佐美のことを覚えていた。そしてすぐ、議員会館に来いという。

宇佐美は出向いた。忙しい中、一時間も自分のために時間を取ってくれ、日本の行く末に関する熱弁を聞かされた。

それまでの宇佐美なら、拒否していただろう言葉が、奥塚と一対一で話すと胸の奥に沁みた。

そして、奥塚は言った。

日本の未来を創るために、自分と共に働いてくれないか、と。

その時は、なぜ奥塚が、自分を信じ、仕事を託してくれるのかわからなかった。

大学へ通いながら、休日は選挙応援や後援会の催しなどがあれば出向いて、献身的に手伝いをした。

そんな生活が続いて、半年が経った頃、奥塚から衝撃的な話を聞かされた。

日本をスクラップ&ビルドする話だった。そのために必要なものは資金力と武力。その構築に力を貸してくれという。

経済学部に身を置いていた宇佐美は、資金調達に関しては力になれると思った。しかし、武力、軍事力に関しては、まったくの素人だ。

どうしていいかわからないと答えると、奥塚は昔の仲間を紹介してくれた。

それが、〈日本の夜明け同盟〉だった。

日本の夜明け同盟は、かつて、奥塚が身を置いていた左翼過激派のメンバーが海外へ散り、再編成した組織だった。

宇佐美自身、左翼思想の下に過激な活動をするつもりはまったくなかった。

だが、話をよく聞いてみると、既成の共産主義や社会主義を批判しつつ、左翼思想をまとめ上げた新たな思想を持つ集団だった。

それが新左翼だと知ったのは、後年のことだった。

宇佐美は少し怖さを覚えつつも、新しい思想の下に日本を創るという夢に、強く惹(ひ)かれた。

その話を聞かされた直後、宇佐美は大学を中退し、海外へ出て、奥塚のかつての仲間と共に軍事教練を受けつつ、金を稼ぐ算段を整えていった。

日本へ戻った宇佐美は、奥塚の指示の下、総会屋をして金を荒稼ぎし、その金をインサイダー取引に注ぎ込んだ。

資金はみるみる膨れ上がった。

その金で新たな軍備を調え、海外に武器製造工場を造り、優秀な兵隊を集めて組織し、日本の夜明け同盟の軍事部門を構築した。

宇佐美は刺激的な日々を送っていた。同盟での活動は常に気持ちを高揚させる。

一方で、危うさも感じていた。

金で政治家の頬をひっぱたいて言うことを聞かせるというのは、まだ現実的ではある。

しかし、武力闘争は荒唐無稽だ。かつての左翼過激派が武力闘争に及んで衰退したように、暴力革命は日本ではありえない気がしていた。

だが、奥塚の海外の仲間たちは、武力闘争をしたがっていた。闘争への熱意を滾らせていた多くは、かつて左翼活動に身を投じていた老人たちだ。

共に軍事教練を受けていた下の者たちに、彼らほどの熱はない。

ただ、一部の者は彼らの熱弁に心酔していて、武力闘争に挑もうとしていた。

宇佐美は迷いながら、奥塚の下で働き続けた。日本のためになるならと思い、不安は押し殺していた。

暴力団や半グレを一掃すると聞いた時は、ついにその日が来たと思った。

日本の闇勢力の大掃除こそ、この国を再生させる第一歩だと信じていたからだ。

彼らを駆除している最中は興奮した。これで、日本が変わる大きな道筋を作れるものと信じた。

あとは、丹羽を送り出して、政界に新たな勢力を作り、資金力と武力で支えつつ、日本を再構築するだけだった。

が、たった一つの横やりで、すべての計画が崩れた。

丹羽が病院で襲われた後、すぐに奥塚から呼び出された。

そして、いったん計画は凍結し、今関わっている者たちを粛清するよう指示された。

宇佐美は計画を止める必要はないと進言した。が、奥塚はあくまでも凍結すると言って譲らなかった。

その時、奥塚の本性が多少見えた気がした。

奥塚は、丹羽を襲ったのは、なんらかの国家機関だと宇佐美に言った。

つまり、奥塚には、そう推測できる情報が入っていたということだ。

が、宇佐美には知らされていない。どころか、これまで尽力してくれた仲間を皆殺しにしろという。

左翼過激派は、末期には仲間を平気で殺し、幹部たちは国外へ逃亡した。

大義のためには平気で同志を殺し、理論武装をしてその行為を正当化する。

海外で軍事教練を指導していた老人たちにはそういうニオイを感じ、忌み嫌っていたが、奥塚は違うと思っていた。

奥塚は同志を大切にし、仲間を引っ張って日本を創っていく人物だと思っていた。

だが、最終的に、自分が生き残るため、宇佐美に高飛びしろと命じた。

最後の最後で裏切った。

これが奥塚の本質、日本の夜明け同盟の本質なのだと思うと、数十年の献身はなんだったのだろうと気落ちする。

同時に、奥塚への怒りが沸き立つ。

宇佐美はデスクの受話器を取った。内線電話を入れる。

すぐに部下が出た。

「私だ。今、ここに何人残っている？」

――七名です。

「車に武器を積んで、出発する準備をしておけ」

――どこを叩くんですか？

部下が訊く。

宇佐美は強く受話器を握った。

「奥塚兼造を粛清する」

3

伏木は奥塚邸の手前で車を停めた。正面に奥塚邸の大きな木製の門がそびえている。朝日を浴びる奥塚邸はしんと静まり返っていた。

「中はやっぱり、固めているだろうねえ」

フロントガラス越しに、門に目を向ける。

「どうする、サーバル」

「突っ込むか」

「二人で?」

伏木が目を丸くする。

「奥塚がこのままじっとしているとは思えない。おれらの処分をミスったことは伝わっているだろうしな。おれなら、今日中にとっとと海外へ逃げるよ」

神馬が言う。

「オレも高飛びするな」

伏木がにやっとした。

「一緒に来てくれるか。殺しちまったら、見届け人がいる」

「もとより、一人では行かせないよ」

伏木はギアをドライブに入れた。

「覚悟はいいかい？」

「いつでも」

神馬は黒刀を握りしめた。

伏木はアクセルを踏み込んだ。スキール音が住宅街に轟（とどろ）き、車が急発進した。

伏木と神馬は頭を低くした。そのまま門に突っ込む。

厚い木の扉が吹き飛んだ。衝撃で車内が揺れ、エアバッグが飛び出す。伏木はエアバッグに顔を預けたまま、アクセルを踏み続けた。

車が庭の立ち木に激突した。リアタイヤが大きく浮き上がり、ドスンと地面に落ちた。

神馬と伏木はドアを開いて、飛び出した。地面を転がって、身を伏せる。

屋敷の方で銃火が瞬いた。カンカンと車に弾丸が当たる。一つが給油口付近を貫いた。

ガソリンが漏れる。

別の弾丸が車のボディーを掠め、火花を散らした。

瞬間、爆発音とともに火の手が上がった。

火柱は立ち木を飲み込み、燃え盛る。

「クラウン！　無事か！」

「生きてるよ！」

「屋敷に突っ込むぞ！」

神馬は立ち木を縫うように走った。

神馬の動きに気づいた屋敷内の敵が、そちらに向け、一斉掃射する。

伏木はその隙に玄関へダッシュした。ドア横の壁に背を当て、神馬を待つ。

神馬は屋敷の裏手を指さし、消えた。

伏木は玄関のドアハンドルに手をかけた。大きく息を吸い込み、吐くと同時にハンドルを倒し、ドアを開ける。

空気を裂く音が無数に聞こえた。たまらず壁に身を隠す。

戻っていくドアはいくつもの弾丸を受け、穴があき、揺れた。

「まいったな……。丸腰じゃ、先に進めない」

掃射が止んだ。複数の足音が近づいてくる。重い足音だ。軍用靴を履いているのだろう。

「どの程度の連中か、見てやるか」

伏木はその場にしゃがんだ。

敵が姿を見せるのを待つ。と、傾いたドアの隙間からサプレッサーのついた銃身が出てきた。

敵は銃身を左右に水平に揺らした。待ち伏せしていないか、確かめているようだ。

銃身がさらに出てきて、男の脚もドアの外に出てきた。

瞬間、伏木は立ち上がった。右手を銃のグリップ部分に当て、相手の顔めがけて銃身を押しつける。

相手の顔に銃身が触れた。じゅっと音がする。悲鳴が上がった。

連射した後の銃身は高温になる。それを顔に押し付けられてはたまらない。

伏木は銃を引っ張り、相手を引きずり出した。足を引っかけて倒し、銃を奪う。

そのまま足下に倒れた敵に向け、引き金を引いた。背中に銃弾が食い込んだ。相手が悲鳴と共に身を震わせる。

玄関の中から、また掃射が始まった。

伏木は倒した相手を壁際まで引きずった。防弾ベストのポケットに手榴弾があった。それを取り、口でピンを引き抜く。一呼吸おいて玄関へ投げ入れた。

壁に体を押しつけ耳を塞ぐ。直後、凄まじい爆炎と共にドアが吹き飛んだ。熱風で、髪の毛が少し燃えた。倒れていた男の背中の服も皮膚も一瞬で焼け焦げる。

「おいおい、火薬の量多すぎだぞ……」

伏木は髪の毛についた火を手で叩き消し、立ち上がる。

気配に注意しながら、玄関へ入った。

三人の男が倒れていた。燃えている者もいれば、鉄片を食らって絶命している者もいる。

玄関先に飾られていた調度品は砕け、絵画や階段の手すりも燃えていた。

伏木は壁の端まで吹き飛んだ男の下に近づいた。足先で顔を蹴る。まだ息があった。

飛ばされたせいで、男の防弾ベストや持っている武器はそのまま残っていた。

「ちょっと借りるよ」

伏木は男から防弾ベストを剝がした。自動小銃の替えのマガジン、拳銃、手榴弾がポケットに収納されている。内側にはサバイバルナイフも仕込んでいた。

防弾ベストに腕を通し、屋敷へ上がり込もうとする。

男は息絶え絶えながらも、伏木の足首をつかんだ。

「大怪我してるんだからさ。ゆっくり寝てなよ」

伏木はにっこり笑うと、男の顔面を蹴り上げた。

男は目を剝いて、口から血をまき散らし、気絶した。

伏木は自動小銃を取り、マガジンを入れ替えた。コックを引いて、弾を装塡する。

そして、男のポケットをまさぐった。ズボンの後ろポケットにスマートフォンがあった。

伏木はＤ１オフィスの電話番号を押し、コールした。すぐにつながる。

「こちら、クラウン。奥塚邸で戦闘中。直ちに応援を頼む」

手短に話し、スマホを足下に落として、銃弾を撃ち込んだ。スマホが砕け散った。

「さてと、奥塚氏を追い詰めますか」

伏木は一階の部屋から飛び出してきた敵に向け、自動小銃を乱射し、階段を駆け上がった。


裏手に回った神馬は、ジグザグに走りながら出てきた敵に容赦なく黒刀をふるう。

ある者は胸から血をしぶかせ、ある者は腕を斬り飛ばされた。

なんとか裏口から侵入しようと試みるが、巣から出てくる蜂のように、次から次へと敵が現われる。

「何人いるんだよ、こいつら……」

神馬はふと屋敷脇に立っている樹木を見た。二階の屋根まで太い枝が伸びている。

神馬は落ちていた自動小銃を拾い、裏口のドアに向け、連射した。

敵があわてて、中へ引っ込む。

その隙に庭の林に潜った。裏口から十メートルほど離れた木を登りはじめる。

上からなら敵の様子がよく見える。武装した男たちは六人いた。二人一組となり裏口を出て、獲物を狩るように林の左右へと展開していく。

神馬は刀を納めて、木をさらに登っていった。上の方の細い枝をつかんで幹を蹴り、隣の木に移動する。

移動した後は、幹に密着して身を隠し、敵がいないことを確認して、また隣の木に移動する。

繰り返すこと四回。屋敷手前の木まで移動できた。

林の中をうろついていた敵が戻ってきている。

神馬は幹を蹴って、屋根に飛んだ。着地するが、足が滑り、落ちそうになる。

すぐにうつぶせの体勢をとる。が、体が滑るのを止められない。神馬は足を伸ばした。

爪先が雨どいにかかり、なんとか落ちずに済んだ。

「あぶねー」

息をついていると、下から声が聞こえた。

「屋根で音がしたぞ！」

その声を合図に、地上にいた者たちが一斉に屋根に向け、銃撃を始めた。

家の中からも天井越しに撃ってきた。神馬のすぐ脇を銃弾が突き抜ける。

神馬は立ち上がって、屋根を走った。

表玄関側に回り込む。バルコニーが見えた。神馬は屋根から飛び込んだ。

バルコニーに着地すると同時に、部屋の中から銃弾が飛んできた。複数の銃弾がガラスを砕く。

神馬は窓と窓の間のわずかな壁に身を寄せて縮こまった。

掃射音が止んだ。

その隙に壊れた窓から中へ飛び込む。前転しながら刀を抜き、低く屈んだまま、刀を水平にして回転した。

何人かの脛を斬りつけた。悲鳴と共に倒れる。神馬に気づき、残りの者が発砲する。

神馬は部屋の中を跳躍した。男たちが放つ銃弾は、仲間を襲った。部屋の中が混沌とする。

近寄る者は斬りながら、縦横無尽に室内を動き回って、同士討ちを誘う。

気がつけば、敵はみな倒れていた。

神馬は部屋を見回した。

「乱暴だな、こいつら……」

林を捜索している姿を見ると、訓練されているように映ったが、超接近戦には対処できていない。

訓練不足か、経験不足か。

いくら訓練をしていても、実戦の場数を踏んでいなければ、いざという時、パニックに陥り、実力を発揮できない。

下の方で発砲音が轟く。

「上に行ったぞ！」

声がし、また発砲音がする。

神馬は倒れている男のベストから手榴弾を取り、部屋を出た。廊下から階段を覗くと、踊り場まで伏木が応戦しながら上がってきていた。その後ろからぞろぞろと敵が追ってきている。

「クラウン！」

神馬は声をかけ、手榴弾のピンを抜いた。

「待て、サーバル！　そいつは強力すぎる！」

伏木が止めたが、神馬は手榴弾を階下に投げた。

伏木は銃を放って、階段を駆け上がった。

爆発が起きた。屋敷が揺れた。火柱の中に複数の人間が舞う。爆風に飛ばされた伏木は壁に叩きつけられた。

神馬もその場にしゃがんだ。熱風が頬を掠めた。

背を低くして、伏木に駆け寄る。

「大丈夫か？」

伏木が顔を上げた。

「大丈夫じゃないよ。強力すぎるって言っただろ」

伏木の顔は煤で黒くなっていた。その目が神馬の背後に向く。

伏木は落ちていた銃を取り、発砲した。敵が被弾し、後方へ飛ぶ。

「さっさと済ませようぜ。ここはめちゃくちゃな連中が揃ってる」

伏木は発砲しながら立ち上がり、神馬と共に、奥塚がいつもいた屋敷奥の広間を目指した。

4

伏木は神馬の後ろを走りながら、時折足を止めて、背後から迫る敵に向け、銃を乱射した。

神馬は前から来る敵の群れに突っ込み、刀を振り回す。一見、無謀な突進に見えるが、敵は的である神馬の動きが速すぎて追えず、同士討ちを避けたいのか、発砲も少ない。

その混乱に乗じて、目の前の敵を一人また一人と倒していく。

神馬と伏木は少しずつ、奥塚がいるであろう広間に迫っていた。

と、燃え盛る一階で再び大きな爆発が起こった。屋敷が揺らぐ。

神馬と伏木は、思わず身を屈めた。敵も驚いて腰を落とす。

「なんだ、今の？」

神馬が声を漏らす。

「ポンが来たのかな」

伏木が言う。

もう一度、すさまじい爆発が起こり、屋敷が震え、二階への階段が吹き飛んだ。

二人はさらに身を屈めた。その後すぐ、小銃を乱射する音が聞こえてきた。複数だ。

「うちの連中じゃねえ！　むちゃくちゃだ！」

神馬が怒鳴った。

「どうする！」

伏木は頭を抱え、声を張った。

「一気に攻めるぞ！」

神馬は言うと、腰を低くしたまま、敵の群れに突っ込んだ。

「ちょっと！」

伏木もあわてて、後を追う。

神馬は黒刀を顔の前で8の字に振り、突進する。敵は神馬の予想外の動きに驚き、対処できずに斬られる。

後ろの方の敵が、神馬に銃口を向ける。伏木は神馬の背後から、立ち上がった敵に向け、発砲した。

被弾した敵が後方に倒れ、転がる。

神馬と伏木は倒れた敵を飛び越え、時に踏みつけて前進した。

一階に入ってきた者が何者かはわからないが、結果、屋敷内にさらなる混沌を呼び起こし、神馬たちをサポートする結果となった。

神馬と伏木は、奥塚が使っていた広間のドアの前に辿り着いた。

神馬はドアを蹴り開けた。

すぐさま、それぞれドアの両側の壁に背を付ける。中から撃ってくるかもしれない。が、銃声は響かない。

神馬と伏木は顔を見合わせた。うなずき、同時に広間へと飛び込む。

奥塚の姿があった。一人掛けのソファーにゆったりと腰かけている。

神馬は奥塚に向けて走った。

「サーバル！」

伏木が呼び止める。が、神馬の目には奥塚しか映っていない。

ドアが閉まった。

神馬は広間の中央で足を止めた。肩越しに振り返る。

伏木が両手を上げていた。手に持っていた銃は、小銃を持った迷彩服を着た男に奪われていた。

部屋の四方に二人ずつ、八人の迷彩服の男がいた。誰もが神馬と伏木に銃口を向けている。

神馬の表情が厳しくなった。

これだけの敵がいながら、気配に気づかなかった。つまり、奥塚の周りを固めていた敵は、かなりの精鋭ということだ。

神馬は右腕を下ろした。

「黒波君。刀は持っておいていい」

奥塚が言い、右手のひらを上げた。

奥塚の後ろにいた迷彩服の男が、執務机の裏に回る。そして、刀を持って奥塚の脇まで歩み、両手で差し出した。

奥塚は鞘を握った。足元に鞘尻を突き、立てる。

「これは刀匠左文字の名刀だ。実に美しい刀だが、ただ飾っておくのは惜しくてね。一度、これで人を斬ってみたいと思っていたところだ」

柄を握って、刀身を抜き出す。刃がぬらりと光った。

「といって、無抵抗の人間を斬っても仕方がない。名刀には名勝負が付きものだ」

　奥塚が立ち上がった。鞘をソファーにそっと置く。テーブルを回り込み、広間に出てきた。

「裏社会きっての剣客（けんかく）である黒波君に、手合わせ願おうか」

　神馬を見据える。

「ずいぶん、余裕あるじゃねえか。じじいの好きなチャンバラごっこじゃねえんだぜ」

　神馬が言う。奥塚が笑った。

「無論、承知だ」

　奥塚は右手に刀を持ち、右足を引いて、やや半身になった。刀身は下げたままだ。

　はたから見れば、ただ立っているだけにしか見えないだろうが、神馬の顔は険しくなっていた。

　隙がなかった。

　圧はないが、どこから攻めても、わずか一ミリが届かず、返り討ちに遭うような気配が、奥塚の全身から漂っている。

「持っていてくれ」

　神馬は奥塚を見据えたまま、鞘を伏木に差し出す。

　伏木は少し歩み出て、鞘を受け取ろうとする。伏木の横にいた男がトリガーに指をかける。奥塚が男の方を見た。男はトリガーから指を外した。

伏木は鞘を受け取ると、またドア側に下がった。

神馬は刀をいったん正眼（せいがん）に構えた。そしてゆっくりと刀身を右へ倒し、水平にする。

奥塚が両手で柄を握った。刀身を下げ、下段に構えている。

不用意に斬り込めば、下から跳ね上げられる切っ先に、腕ごと刀を飛ばされる。

神馬は摺（す）り足でじりじりと左に動いた。奥塚はその場に立ち、神馬を見据え、動きに合わせて回転し、体の正面を向ける。

攻め手を見つけられず、神馬は間合いを取って、回るだけだった。

「どうした？　攻めてこないのかね？」

奥塚が笑みをにじませる。

しかし、神馬は挑発に乗らない。

「ふむ。ならば、こちらから行こう」

奥塚が右足を踏み込んだ。同時に、刀を振り上げる。

速い。しかも、踏み込みは予想以上に深く、切っ先が伸びてくる。

神馬は後ろに飛び退（の）いた。

奥塚は左足を踏み出し、頭上で刀を返して振り下ろしてきた。

神馬は奥塚の懐に踏み込み、下から刀身を斜め上に振り上げた。奥塚が振り下ろしてきた刃を受け、下から上に擦り上げる。

神馬もまた、上体を起こして刃を擦り上げていく。

刀が交わる点が眼の高さになったところで力が均衡し、刀が止まった。

「見事な捌きだ」

奥塚は腰を落とし、体幹で神馬を弾いた。

神馬が大きく後ろに飛んだ。離れ際は危ない。奥塚は正眼に構えたまま、神馬を見据えた。

「君はどこで剣術を学んだ？」

「そんなもん、習ったことはねえ」

神馬はまた刀身を右に倒し、水平に構えた。

「我流でその太刀筋は素晴らしい。刃を合わせて音を立てるような雑魚なら、刀ごと斬り裂いていただろう」

奥塚はまたゆっくりと切っ先を足元に落とし、再び下段に構えた。

向き合う奥塚の体が細くなった。強く半身を切った体勢で、後ろ足を深く折り、前足の踵の裏に近付けている。踵は浮かせている。しかし、体の軸はしっかりとしていて、まったくぶれない。

攻め手が見つからない。小細工を仕掛けても、奥塚はさらりと捌くだろう。それは隙を与えることにもなる。

正攻法でいくしかない……。

神馬は刀身を起こし、丹田の前に柄頭を置き、正眼に戻った。同じように強く半身を切って、細く強く構える。

二人の間に、息が詰まるような緊迫感が漂う。それが広間に波及し、伏木や迷彩服の男たちは戦闘中だということも忘れ、固唾(かたず)を呑んで二人を見つめていた。

その時、ドアが爆音とともに吹き飛んだ。

爆風でドア近くにいた伏木と敵の男が吹き飛ばされた。熱風が神馬と奥塚を襲う。

神馬は右に飛び転がった。奥塚も後ろへ走り、天板を転がって、執務机の裏に身を隠した。

神馬は動揺する迷彩服の男二人を斬り捨てた。男たちが倒れる。神馬は重なって倒れた男たちの陰に伏せた。

「奥塚！　出てこい！」

怒鳴り声が響く。

神馬は陰から声のした方を見た。

宇佐美だった。左右を宇佐美の仲間が固めている。全員、自動小銃を手にしていて、バズーカ砲らしき筒を抱えている者までいる。

戦争でもする気か……。

宇佐美とその周りの人間を確かめ、陰に身を潜める。

さすがに、奥塚も出てこないだろう。隙を見て、一度態勢を立て直すしかない——。

と考えた時、机の裏にいた奥塚が立ち上がった。

「誰かと思えば、宇佐美か」

奥塚は手に刀を持ったまま机を回り込み、広間の中央に出てきた。宇佐美の周りにいた男たちが一斉に奥塚に銃口を向けた。

何を考えてんだ！

神馬は奥塚に目を向けた。

「国外へ出ろと言ったはずだが」

奥塚が言う。

「ふざけるな。散々人を働かせておいて、尻尾切りはないだろうが。おまえのような私利私欲にまみれた連中が上にいるから、革命は成就しないんだ」

「君に革命を語られる筋合いはない」

奥塚は呆れたような笑みを覗かせ、続ける。

「ならば、どうする？」

宇佐美を見据える。

宇佐美は見返し、言った。

「資本家の毒に染まった腐った奴らを粛清し、私の下で真の革命を成し遂げる」

すると、奥塚が笑いだした。声が広間に響く。

「君が我々の上に立つというわけか。たいしたものだ」

笑いは止まらない。

宇佐美が気色ばむ。

「何がおかしい！」

「君の志は立派だが、わかっていないことが一つあるようだ」

「この期に及んで、戯言か？」

「革命家になるのだろう？　なら、知っておかなければならないことがある」

奥塚は微笑んだまま、宇佐美を見つめた。

「革命を成し遂げるのに必要なもの。一つは君も胸に抱いた思想信条だ。これがなければ、革命は起こせない。だが、理念だけでも革命は達成できない。さらに必要なものは資金力と権力。中央に内から楔を打てる金と地位がなければ、革命はただのから騒ぎに終わる。半世紀前、私や私の同志が経験したことだ。その知見を持って、真の革命を起こすべく、我々は準備をしてきた。内と外から同時にこの国を造り変えるためにね。この真理がわからないようであれば、君の行動は徒労に終わる」

「御託を並べるな。もう騙されない。おまえはここで終わりだ」

「はたして、そうかな？」

奥塚は左手を上げた。

宇佐美の周りにいる男たちが、奥塚に向けていた銃口を一斉に動かす。

銃口を向けられた宇佐美の顔が強ばる。

「なんだ、おまえら……」

目を動かし、左右を見る。

「おまえたちは私の部下だろう！　命令を聞け！」

声を張るが、銃口は動かない。

また奥塚が笑い声を立てた。

「宇佐美。君の勘違いも甚だしいな。君は確かに彼らの上司ではある。だが、その上にいるのは私だ。上の命令が絶対なら、彼らは私に従うのが筋だ。違うかね？」

宇佐美は拳を握って奥塚を睨みつけ、歯ぎしりをして震えた。

「というわけだ、宇佐美。君に国外逃亡を勧めたのは、これまで尽力してくれた君への私からのせめてもの情けだったが」

奥塚が刀を構えた。

「恩を仇で返す者に情けは無用。さらばだ」

　奥塚が右足を踏み込み、刀を振り上げる。

　神馬が陰から飛び出した。体勢を低くして宇佐美と奥塚の間に滑り込み、立ち上がると同時に奥塚の刃を受けた。

　奥塚は刀を押し込み、神馬を睨み下ろした。

「なぜ、助ける？　やはり、君は宇佐美派か」

「どっちでもねえが、おまえらに死なれちゃ困るんだよ」

　神馬が奥塚を押さえている隙に、伏木が動いた。爆風で倒れた男の小銃を拾い、寝転んだまま連射し、宇佐美の左側にいた二人の男の足を撃ち抜いた。

　男二人がその場に崩れ落ちる。

「殺れ！」

　奥塚が右側に残った二人の部下に命令した。

　二人は引き金を引こうとした。

　と、背後から二発の銃声が聞こえた。右側の男の一人は両膝を落とし、もう一人は前のめりに倒れた。

　奥塚の視線が一瞬、倒れた男に向いた。

　神馬はその隙を逃さず、合わせた刀を少し自分の方に倒した。そしてするりと抜き、手首を返し、小さく振り下ろした。

刃が奥塚の右前腕に食い込んだ。

神馬は刃を引くと後方へ下がった。

立っていた奥塚の刀身が傾いた。伏木は奥塚の右脚に銃弾を撃ち込んだ。奥塚が片膝を落とす。

宇佐美が屈んで、小銃を拾おうとする。神馬は宇佐美の首筋に刃を当てた。

「ちょろちょろ動くんじゃねえよ。首、飛ばすぞ」

刃を押し当てると、宇佐美は手を引っ込め、中腰のまま固まった。

「遅えよ、ファルコン」

神馬はドアの方を見た。

周藤が銃を構えて立っていた。

「すまない。マンションに到着する前に宇佐美が動き出したんで、一瞬見失った。すぐに携帯の電波を追ったんだが」

話していると、栗島と智恵理も姿を見せた。

その後ろから黒スーツを着た男たちがぞろぞろと入ってきた。倒れた男たちを次々と拘束し、運び出していく。

「ファルコン、表と一階にいた兵士は全員、指示通りアントと共に無力化しました。二階の掃除も間もなく終わります」

智恵理が言う。

「ジョー君。これはどういうことだ？」

奥塚が周藤を見上げた。

周藤はズボンのポケットに手を入れた。二つ折りの身分証を取り出し、はらりと開く。

桜の代紋の背後に真紅の髑髏(どくろ)が描かれていた。

「なんだ、それは……」

宇佐美が顔を傾け、見上げる。その目は怯えている。

「奥塚兼造、ならびに宇佐美尊の両名、我が国に騒乱を起こし、国体を破壊せしめようとした行為は看過できず。よって、桜の名の下、極刑に処す」

周藤は口上を切り、身分証をポケットにしまった。

「そうか。君たちは暗殺部か」

奥塚がつぶやく。

「暗殺！　こ……殺されるんですか……」

宇佐美の目が強ばり、震える。

「まあ、そうだろうな」

奥塚はゆっくりと撃たれた右足を投げ出し、左足を畳む。

「警視庁暗殺部か。私が現役の議員だった頃、超法規的組織を作り、国体護持を強化しようという議論が秘密裏に行なわれていたことは知っている。しかし、議論で終わり、その話そのものが立ち消えたと聞いていた。誰が掘り起こしたんだ、その話を？」

奥塚は周藤を見つめた。

周藤は答えない。

奥塚がふっと笑った。

「この私も知らない組織がこの国に存在する。我々はどうやら時代に置いていかれていたようだ。もう出る幕はないな」

奥塚は刃を首に当てた。

神馬が動いた。切っ先で奥塚の右手の腱を斬りつける。指から力が抜け、刀が脇に落ちた。

神馬は素早く踏み込み、奥塚の刀の柄に切っ先をひっかけ、後ろに飛ばした。低空で回転した刀が机の横板に刺さった。

「本来であれば今ここで極刑に処すところだが、上からは捕らえろとの指令が出ている。よって、両名を拘束する」

「私を生かしておくつもりか。火種となるぞ」

奥塚が周藤を見て、片笑みを覗かせた。

周藤は奥塚をまっすぐ見下ろした。

「心配するな。おまえたちが日の目を見ることは二度とない」

「そういうこと」

神馬は奥塚の後頸部に手刀を叩き込んだ。

奥塚が前につんのめり、目を剝いた。上体がぐらりと揺れ、畳んだ左足の側に横倒しになった。

宇佐美は倒れた奥塚を見て、両手をついた。

周藤は宇佐美の後ろに立った。宇佐美が振り向こうとする。その後頭部に銃床を叩き入れた。

宇佐美もまた目を剝き、前のめりに突っ伏した。

栗島が宇佐美と奥塚の下に駆け寄った。うつぶせにして、両手足首をプラスチックカフで拘束する。

それを確認し、智恵理がスマホを取り出した。菊沢に連絡を入れる。

「D1のチェリーです。奥塚、宇佐美両名の身柄を確保しました。アントに引き渡します。奥塚の部下である兵士たちは全員護送バスに収容し、眠らせ、蟻の巣に運んでいます。負傷者、死亡者も同様に運んでますので、処理をよろしくお願いします。私はアントの処理を確認次第、オフィスに戻ります」

用件を伝え、電話を切った。

周藤と智恵理の下に、栗島と神馬、伏木が駆け寄った。

「お疲れさん」

伏木が神馬に鞘を渡す。神馬は黒刀をしまった。

「なんだか、あっさり片付いたわね」

智恵理が言う。

「あっさりじゃねえよ。こっちは久しぶりにヤバかったんだぜ」

神馬が智恵理を睨む。

「そうそう。一階の破壊ぶりを見たらわかるでしょう。火薬使い過ぎだ、こいつら」

伏木がアントに運ばれていく兵士たちを見回した。

「まあ、間に合ったからいいじゃない」

智恵理はさらりと流した。

「僕らはどうすればいいんですか?」

栗島が訊く。智恵理は栗島に顔を向けた。

「いったんオフィスに戻ってくれるかな。まだ全部片付いたわけじゃないから」

「丹羽かい?」

伏木の問いに、智恵理がうなずく。周藤が口を開いた。

「丹羽の件はリヴに任せてある。リヴがオフィスに戻ってきて、フィニッシュだ。ここはチェリーに任せて、俺たちは戻るぞ」

周藤は踵を返し、ドアの方へ歩いていく。

「めんどくせえなあ。飲みに行っちゃいけねえのか」

神馬が文句を垂れる。

「朝から飲んで、どうするの。さっさとオフィスに戻って」

智恵理は神馬を睨んだ。

「はいはい」

神馬は刀を肩に乗せ、周藤に続く。

「じゃあ、僕らもこれで」

栗島が智恵理に頭を下げる。伏木も右手を上げ、栗島に続いた。

栗島が歩きながら伏木に話しかける。

「リヴさんは大丈夫でしょうか。丹羽も拘束するよう、指示が出ているのですが」

「大丈夫か、とは？」

伏木が訊く。

「リヴさん、丹羽にはずいぶんと入れ込んでいたような感じもするので」

栗島がうつむく。

伏木は栗島の肩を抱いた。

「心配ない。リヴもD1のメンバーだ。オフィスで待とう」

伏木は肩に手を回したまま、破壊された屋敷を出た。

5

凜子が丹羽の寝ているベッド脇の椅子に座っていると、スライドドアが静かに開いた。白衣を着た男二人と看護師の服を着た男女が一名ずつ、入ってくる。

凜子は顔を上げて、四人を見つめた。それがアントだということは、すぐにわかった。男性看護師は、トレーを持っていた。注射器や消毒用のガーゼ、ゴムひもが載せられている。

白衣の男が近づいてくる。

「リヴさん、丹羽を回収しろとの命令です。リヴさんは丹羽の回収を見届けた後、オフィスへ戻れとの指示がありました」

男が小声で言った。

「もう少し、待ってあげることはできない？」

凜子は訊き、丹羽に目を向けた。

丹羽は二度目の手術を受け、まだ体調は万全ではない。無理に移動させれば、命にかかわる事態にもなりかねない。

できれば、容態が落ち着くまで、このまま寝かせておいてあげたい。

しかし……。

「先ほど、奥塚と宇佐美を拘束しました。彼らの部隊の兵士もほぼ全員回収しています」

「彼はどうなるのかしら」

「うちで尋問にかけた後、洗脳します。再び政界へ戻ることはないでしょう」

「そう……」

凜子は小さく息をついて、立ち上がる。

と、丹羽が目を覚ました。

「リオン……どこへ行くんだ?」

かすれた声で訊く。

凜子は丹羽を見下ろし、微笑んだ。

「先生。これから、精密検査ですって」

「まだ検査をしなきゃいけないのか?」

「念には念を。これからが大変ですから」

話していると、看護師の恰好をした女性が注射器を取り出した。

丹羽の袖をまくり、上腕にゴムを巻いて血管を浮き上がらせる。女性は針先を血管に刺した。注射器に血が逆流し、赤く染まる。

「しっかり体を治して、がんばってくださいね」

「そうだね」

丹羽が微笑んだ。

女性がゴムを外し、薬剤を注入する。強い薬なのか、注射をするとすぐ丹羽の瞼が閉じ始めた。

凜子は丹羽が眠りにつくまで、笑みを絶やさず見つめた。

丹羽が落ちる。

「連れ出してよろしいですか？」

白衣の男が訊いた。

「ええ」

凜子がうなずくと、四人は即座に動き、ストレッチャーに丹羽の体を移動させ、病室を後にした。

凜子は少しの間、丹羽が寝ていたベッドを見つめていた。

が、後ろで一つに束ねていた髪を解き、頭を振って髪を垂らした。右手で前髪を掻き上げる。

スマホを出し、智恵理に連絡を入れる。２コールで智恵理が出た。

「私。丹羽の回収を確認。これからオフィスに戻るわね」

報告をする凜子の顔に、感傷（かんしょう）は微塵（みじん）もなかった。

エピローグ

奥塚邸での戦闘から二週間が経った。

Ｄ１メンバーたちは、その日、オフィスに集められていた。

まずは、本事案の顚末(てんまつ)が菊沢から語られた。奥塚、宇佐美、丹羽、その他拘束された兵士たちの尋問が、加地を中心としたアントの精鋭メンバーによって連日行なわれた。

宇佐美はアントの尋問に落ち、全容を語った。

結果、奥塚がかつて所属していた左翼過激派のメンバーと共に《日本の夜明け同盟》を結成し、武装蜂起の準備を着々と進めていた実態が明らかとなった。

宇佐美や捕らえた兵士たちの証言をもとに、公安部、警備部、外事部などが、国内外のメンバーの洗い出しと検挙を急いでいる。

近いうちに、日本の夜明け同盟は解体へと追い込まれるだろう。

奥塚邸の騒乱は、映画の撮影だったということで処理された。屋敷を失った奥塚は完全に政界から身を引き、人知れない別荘に引っ込んだと報道された。

丹羽も体調不良を理由に政界を引退し、一般人として生きることが、事務所を通じてリリースされた。

丹羽の後継は、秘書として事務所を取り仕切っていた若い女性が務めることとなった。

その女性は、第三会議の息のかかった者だ。彼女に丹羽の引退を語らせつつ、丹羽が取り組んだ活動の継承を喧伝させることで、彼が姿を消したことに対する疑念を払拭させることが狙いだった。

奥塚の隠退、丹羽の引退を知り、嗅ぎ回るマスコミも何人かはいた。

第三会議はその者たちを調査員に監視させていたが、今のところ真相に行き着く様子はなかった。

「奥塚を中心とした組織の件は、まだ落ち着いてないってことですかね」

伏木が訊く。

「そうだな。もう少し時間がかかりそうだ。なにせ、政界の重鎮が絡んだ事案なのでね。調べによっては、うちの出番もあるかもしれない」

菊沢が言う。

「そうなると厄介だな。奥塚が仕込んだ連中はよく鍛えられていた。奥塚自身が相当強かったからな」

神馬は手合わせを思い出し、語る。

「サーバルが敵の強さを認めるなんて、めずらしいね」

智恵理が神馬を見る。

「強いヤツは認める。でねえと、こっちがやられる。おれをそこいらの自信過剰なチンピラと一緒にするな」

そう言って神馬は智恵理を睨み返した。智恵理がクスッと笑う。

「私は丹羽事務所に戻らなくて大丈夫ですか？」

凜子が訊く。菊沢は凜子に顔を向けた。

「大丈夫だ。事務所にも調査員を複数送り込んでいるから、そっちは問題ない」

「丹羽さんはどんな様子ですか？」

「彼は奥塚の思想に心酔していただけで、日本の夜明け同盟に関しては何も知らなかった。本当にただの神輿だったようだな。洗脳を終えれば、一般社会に戻れるだろう」

菊沢の話に、凜子は小さくうなずき、微笑んだ。

「そういうことなので、諸君は休暇ではあるが、いつでも集合できるよう、待機しておいてもらいたい」

菊沢に言われ、全員が首肯する。

「それともう一つ、報告がある。新たに、暗殺部第二課を設立することになった」

「ほお、人材が見つかったってことですか？」

伏木が菊沢を見やった。

「サーバルが助けた柏崎愁斗を中心に組む予定だ」

神馬に顔を向け、うなずく。

「使えそうなのか?」

「いい戦力になるだろうと、第三会議は判断した。まだ、他のメンバーが決まっていないので立ち上げ時期は未定だが、柏崎はすでに訓練に入った」

「そうか。よかったな、サーバル」

伏木は神馬を見て、にやりとした。

「よかったんだか、どうだか」

神馬は立ち上がった。

「もういいだろ? おれは帰って寝る」

「ちょっと、まだ終わってないよ!」

智恵理が怒る。

「ポン、刀をしまっといてくれ」

神馬は智恵理を無視し、栗島に黒刀を渡すと、振り返らず部屋を出た。

「サーバル!」

智恵理は腕組みをして背中を睨む。

「私もお暇しようかしら」

凛子も立ち上がった。

「リヴ……」

智恵理は困り顔で眉尻を下げた。

と、菊沢が笑った。

「かまわんよ。今日はこれで解散だ。みんな、お疲れさん」

菊沢が言うと、他の者たちも立ち上がった。

「では、諸君。羽目は外さないように。特に——」

「はいはい、わかってますよ。では」

伏木はポケットに手を突っ込み、出て行く。凛子と栗島も一礼し、オフィスを出た。

周藤が最後に出ようとする。

「ああ、ファルコン」

「なんです？」

周藤は立ち止まり、振り向いた。

「ファルコン、おまえには柏崎愁斗の教育を手伝ってもらいたい。いいか？」

「命令であれば、従います。連絡をください」

周藤は言い、オフィスを後にした。

（この作品は、『小説ＮＯＮ』（小社刊）二〇二三年一月号から二〇二四年三月号に連載され、著者が刊行に際し加筆・修正したものです。また本書はフィクションであり、登場する人物、および団体名は、実在するものといっさい関係ありません）

廻天流炎

一〇〇字書評

切り取り線

購買動機（新聞、雑誌名を記入するか、あるいは○をつけてください）	
□（　　　　　　　　　）の広告を見て	
□（　　　　　　　　　）の書評を見て	
□ 知人のすすめで	□ タイトルに惹かれて
□ カバーが良かったから	□ 内容が面白そうだから
□ 好きな作家だから	□ 好きな分野の本だから

・最近、最も感銘を受けた作品名をお書き下さい

・あなたのお好きな作家名をお書き下さい

・その他、ご要望がありましたらお書き下さい

住所	〒				
氏名		職業		年齢	
Eメール	※携帯には配信できません	新刊情報等のメール配信を 希望する・しない			

この本の感想を、編集部までお寄せいただけたらありがたく存じます。今後の企画の参考にさせていただきます。Eメールでも結構です。

いただいた「一〇〇字書評」は、新聞・雑誌等に紹介させていただくことがあります。その場合はお礼として特製図書カードを差し上げます。

前ページの原稿用紙に書評をお書きの上、切り取り、左記までお送り下さい。宛先の住所は不要です。

なお、ご記入いただいたお名前、ご住所等は、書評紹介の事前了解、謝礼のお届けのためだけに利用し、そのほかの目的のために利用することはありません。

〒一〇一‐八七〇一
祥伝社文庫編集長　清水寿明
電話　〇三（三二六五）二〇八〇

祥伝社ホームページの「ブックレビュー」からも、書き込めます。
www.shodensha.co.jp/bookreview

祥伝社文庫

廻天流炎　D 1警視庁暗殺部

令和 6 年 5 月20日　初版第 1 刷発行

著　者　矢月秀作

発行者　辻　浩明

発行所　祥伝社

東京都千代田区神田神保町 3-3
〒101-8701
電話　03（3265）2081（販売部）
電話　03（3265）2080（編集部）
電話　03（3265）3622（業務部）
www.shodensha.co.jp

印刷所　堀内印刷
製本所　ナショナル製本
カバーフォーマットデザイン　芥 陽子

Printed in Japan ©2024, Shusaku Yazuki　ISBN978-4-396-35048-2 C0193